文芸社セレクション

悪人なほもつて往生をとぐ

たにおか　まさゆき

文芸社

目次

善人なほもつて往生をとぐ。いはんや悪人をや。

善人でさえ浄土に往生することができるのです。ましてや悪人は言うまでもありません。

（歎異抄　第三章　悪人正機説より）

五蘊盛苦

「先生、俺怖いんだよ…」

「大丈夫。心配することなんて何一つ無いですよ」

「その注射打ったら、二度と目が覚めない。なんてことにならないよな」

「大丈夫ですよ」

「失敗したとしても…、俺、先生に出会えてよかったよ」

「さぁさぁ、リラックスして下さい」

「あぁ…」

「それではゆっくりと数字を数えていきましょう」

「一…、二…、三…」俺は医者の指示に従いゆっくりと数えたが、記憶は三で途絶えた。

意識が完全に回復した時、俺は病室のベッドの上だった。しばらくして精算を済ませ病院を後にした。

俺は一週間の有給休暇を取って包茎手術を受けた。もちろん職場には本当の理由など、伝えていない。扁桃腺の摘出手術を受けるということになっている。

膀胱が悲鳴を上げている。これほど小便が怖しいと感じたことは無い。大阪第三ビルを通り抜け、梅田駅に向かって歩いていると、グッとくる焼鳥屋に遭遇した。しかも入り口には丹波地鶏生肝限定十食の貼り紙。好物の焼き鳥を前に積年のコンプレックスに祝杯をと、生ビールを飲んだのがマズかった。小便が近くなることなんて頭の片隅にも無かった。「あのヤブ医者、なんの説明も聞いてねぇぞ…」違和感が無かったのは麻酔が効いていたからだった。じわじわと感じる痛みに祝杯のビールのはずが恐怖を生む結果となる。

期待が裏目に出るのはよくあることだ。幸せなんてモンは不幸と手を繋いで一緒にやって来る。思い返せば昔からずっとそうだ。遠足や運動会の日は必ず天気が悪かった。十六歳、人生初デートでヤンキーに絡まれた。最悪だったのは三年前。親父の新車が届いた日のこと、親父は嬉しそうに母さんと二人でドライブに出かけたが二人とも交通事故で死んだ。これが俺の人生、いや血統なのだろう。

自身のそんな人生に嫌気が差す。それでも小便は我慢出来ない。仕方なく便所へと駆け込んだ。「い、痛い…」しばらくビールは控えた方が良さそうだ。

しかし、更なる恐怖が待っていた。それは激痛で目覚める〈朝勃ち〉というヤツだ。

一週間が過ぎ、職場に復帰した。俺は淀川信用金庫、西中島支店の渉外課に勤務している。

「片瀬さん、喉はもう大丈夫なんですか?」と大きな胸を突き出し、艶のある声で訊ねてきたのは事務の河野だ。「えぇ…、少し声は…、出しづらいですが、なんとか大丈夫です」と俺は顔を顰め、芝居染みた口調で言ってはみたが出しづらいのは声では無い。小便の方だ。俺たちの横を通り過ぎて行った支店長の柿沼が急に立ち止まり「あっ、そうだ」と俺の顔を見る。「なぁ、片瀬君。今週末の三號開発ゴルフコンペに参加してくれないか、予定していた桝山が急遽出張になってしまったんだ」この上司の指名に週末には、手術の傷も完治しているだろうと高を括りコンペ参加を快諾した。


週末、ゴルフコンペ当日。

「ファーーーッ！」

球は大きな放物線を描き林へと消えていった。

「クソッ…、チンコが痛い…」

「お客様、もう一球お願いします」

俺は邪念も力みも捨て、もう一度ショットを放った…。

「ファーーーー！」と、再びキャディは甲高いで叫ぶ。「クソッ！」と思わず罵声を上げてしまった。「片瀬さん、落ち着いていこう」と同組の連中が言っている。口調こそ穏やかだか不敵な笑みが気色悪い。

ちなみに同組の連中とは、上司の柿沼聡、俺が融資を担当している、株式会社西伸社長の西田伸夫。後はこのコンペを主催している三號開発株式会社、常務の犬山秀明だ。

「もう、アイアンでいきます」と、情けない宣言をして、ようやく球を前へと運ぶことが出来た。しかし飛距離は僅か一六〇ヤード程度だ。学生時代、柔道で鍛え抜いたこの肉体が唯一の取り柄。そんな俺にとって、飛ばないゴルフは紅生姜の無い牛丼。海外組のいないサッカー日本代表。いや、チンコの無いニューハーフぐらいもの足りない。そんな凋落したメンタルがモチベーションをも奪い始める。しかもセカンドショットは、つま先下がりの打ちづらい状況だ。「片瀬！　残り二〇〇ちょいや！　スプーンで狙えるぞ！」と柿沼は人の気も知らず激励を飛ばす。ドライバーが当たらないのにスプーンなんて難しいクラブを選択する奴が何処にいるのか。これは確信犯の挑発。いや、煽りだ。何故、柿沼が俺を煽るのか、それはスタート前に犬山が口にした「普通にゴルフしてもつまらないでしょう。軽く〈にぎり〉ませんか？」この余計な一言のせいだ。普段なら柿沼の挑発に乗って一泡吹かせてやるのだが今日はなんせチンコが痛い。やめておくことにする。取り敢えず柿沼は相手にせず、無心でクラブを振り抜いた。すると残り四〇ヤードほどを残す、まずまずのショットに、やる気の無さが吉と出た。そこからアプローチウェッジでワンピンに付け、そいつを難なくワンパットで沈めた。

実打数四打とダブルＯＢのペナルティを足してスタートホールのスコアは八。結果論ではあるがドライバーを使わなければパーで上がれていたこととなる。

俺は次のホールへ向かう為、カートに乗り込んだ。「片瀬さん、体格もいいからウィークグリップの方が向いてるよ」と、犬山はゴルフの持論を語るきっかけを待っていた。あたかもアドバイスのように語ってくる全くもって厄介な親切心だ。逆境で思い付いたティーショットアイアン作戦は一旦諦めることに、犬山の迷惑な助言のせいでドライバーを使う羽目になってしまった。ティーイングエリアで素振りからのルーティンに入る。「片瀬さん、もっと我慢して頭残さないとスライス出るよ」と、まだ声をかけてくる犬山に「はい…」とおざなりに返した。「このタイミングでの声がけはマナー違反だ。頼む、誰かヤツに言ってくれ…」そんな願い事をしながらショットを放った。が、また「ファーーッ！」とキャディは叫んだ。

もう犬山の声を聞くのもうんざりだ。俺はカートに乗らず歩いてプレーを続けた。「あんだけ言われたら崩れるよな。見ていて気の毒やったわ」と声をかけてきたのは西田だ。「言葉って引っ張られますね」そう言うと「そうや、言霊や。片瀬さん、忠告しとくけど犬山の言葉には気をつけなあかんで、アイツは詐欺師やぞ、詐欺師」「詐欺師ってどう言う意味ですか？」と訊ねたが「おい、そんなことより北の空、真っ暗やないか。最後まで保ってくれたらええけどなぁ…」と、西田の視線の先に目をやると、この世の終わりが迫りくるかのような空の色に小走りで球の元へ向かった。

それからも犬山は傲然とゴルフの哲学的言辞を吐き続け、俺は辟易しながらプレーを続けた。

最終ホールへと向かう途中、突然スコールの様な大雨が降り出した。皆が傘を差し最終ホールをプレーする中、俺はずぶ濡れになりプレーを続けた。その理由《わけ》はこの大雨が堪らなく心地良く感じていたからだ。「片瀬さん、もう風呂入らんでええな」と西田が傘の下で笑っている。「キャディバッグにシャンプー入れるの忘れてました」そう言うと西田は肩を揺らし笑った。この大雨と西田の笑い声が俺の徒労感を洗い流してくれている気がした。

なんとか全てのホールを周り終えた。ドライバーを使わずとも九十五と言う、まずまずの結果に安堵するも〈にぎり〉の方は惨敗だった。仕事とは言え、金まで奪われるゴルフに怠け心が芽生える。「次回は絶対に断る」と強く心に誓った。

風呂から上がり、用意された個室に到着。しばらくすると「皆様、お疲れ様でした。それでは第十三回、クラッシャー会ゴルフコンペ表彰式を始めたいと思います」と三號開発の社員が音頭を取り、コンペの会食が始まった。席順は組ごとで向かいに柿沼が座り、隣には全身ハイブランドで身を固めた犬山が座っている。その目が眩むほどの風貌が正解か不正解なのか解らないが、「うわっ、それパネライですよね」と思わず口を滑らせたのは、俺の憧れジェイソン・ステイサム愛用の腕時計を付けていたからだ。「あぁ、これ。若い時から腕時計集めるのが趣味なんですよ」と犬山は腕時計を外すと、そいつを俺に手渡してきた。「これ、珍しいモデルですよね」そう訊くと「片瀬さん詳しいね。それ一千万」と耳元で囁いた。「エグい…」俺は余りの高額に無意味なプレッシャーを感じ、しれっと腕時計を返した。「毎年正月は家族とハワイで過ごすんですよ。ホノルルの時計店でこのモデルは日本への入荷は無いって言い切られたら、無性に欲しくなってね」そう言うと俺を嘲ったような笑みを浮かべ、背筋を伸ばし腕時計を嵌め直した。

「それでは順位の発表を行います。呼ばれた方は景品が御座います。前まで取りに来てください」

　このコンペの競技方法はダブルペリアと呼ばれ、スコアの数字に大した意味は無く、どちらかと言えば運の方が重要で、俺の九十五と言う数字は優勝も狙える数字だった。

　ブービー賞から順に発表され、五位、四位の景品は肉だった。

「三位。片瀬健一さん！」そろそろ呼ばれる、そんな気はしていた。「景品はキャディバッグです！」

「ありがとうございまーす」と俺は心と裏腹な笑顔を作った。まさかの黒地に招き猫の刺繍。その悪意すら感じるセンスの無いキャディバッグを手に席に戻ると、「それ中古ゴルフショップ持って行ってたら売れるよ」と犬山がこの日唯一のナイスアドバイスを口にする。そして二位と一位が賞金だったことに、三位なんかに入ってしまう自身の運の悪さを痛感した。

　その後、コンペは解散となり、俺は柿沼と取引先への挨拶周りを済ませた。参加者のほとんどが帰った頃、俺はキャディバッグを引き取り、車を取りに向かった。

　そんな俺の前を颯爽と一台の車が駆け抜ける。それは犬山の運転するポルシェだ。俺は思わず二度見をしてしまう。何故か苛立ちを感じたのは妬みなのか、それとも嵩張るキャディバッグを二つも持っているからなのかは分からない。

　車に荷物を積み込み、運転席に座った瞬間、全てから解放された充実感や達成感のような高揚した気持ちが湧き上がってきた。心地良いため息を吐き、ヘッドレストに頭を預けると後部座席に置いたキャディバッグの招き猫と目が合った。よく見れば縁起のいい顔をして腹には千万両と書かれた小判を抱いている。このバッグが幾らになるのか、犬山の言葉を思い出し、中古ゴルフショップにナビを設定した。まぁまぁの遠回りに一瞬迷ったが、幾らになるのか気になる気持ちが勝り、ナビ通りに車を走らせた。

渋滞に巻き込まれ、想定以上に時間はかかったが、なんとか中古ゴルフショップに到着した。早速、俺はキャディバッグの査定を店員に依頼。しばらく店内のクラブを見て時間を潰していると、「お客様」と店員が呼ぶ声にカウンターへ向かった。「オープンザプライス！」俺は何処かで聞いた台詞を心で叫んだ。

「お客様、申し訳御座いません。うちでは買取不可ですね」と、まさかの一言に疲れがどっと押し寄せる。

犬山の言葉に翻弄され続けた一日だった。

サスピシャス・マインド

淀川土手沿いの府道を南へと下り、そのままJRの高架を潜り抜けると一方通行の狭い道となる。俺は通い慣れた道で取引先へと向かっていた。時間に少し余裕があったので土手の上まで登り河川敷の公園にバイクを停めた。土手の斜面に腰を下ろす。心地いい風が吹き、広がる景色に心が軽くなる。

一糸乱れぬ動きでカヌーのオールを漕ぐ学生たちは光の水面を突き進んで行く。犬を散歩させている老夫婦は木の枝を拾い、その枝を勢い良く投げると犬が嬉しそうに走り出す。そんな、なんでもない光景を見ていると人生なんてものを考えずにはいられない。憧れや夢を追い求めることも諦め、三十歳になったというのに恋人もいない。誰か愛をくれ。心が干からびて死にそうだ。一度、事務の河野を晩飯にでも誘ってみるか。そんなに美人な訳じゃないがとにかく恋がしたい…。

そんな感傷に浸っていたのも束の間、ポケットの携帯がブルブルと振動し、今が仕事中だったことを思い出す。

「はい、もしもし…」

「片瀬、何処にいるんだ！」と声の主は柿沼だ。「ウメモト電気さんがうちのクレジットカード作ってくれるって言うので契約に向かっていますと、本当にどうでもいい用件だった。「そんなことより三號開発が倒産したんだ！」と柿沼の声に尋常ではない焦燥を感じ、「えっ！」とは言ったが、今一つピンと来ない。「ウメモト電気には代わりの者を行かせるから、片瀬は三號開発の本社と資材ヤードへ行って現状の報告をしてくれ」柿沼の様子からうちの信用金庫がパニック状態であることは容易に想像が出来た。

俺は慌ててバイクに跨り、三號開発の本社へと向かった。

三號開発株式会社は大阪市淀川区に本社を置く解体工事業者。創業三十四年、年商二十億、従業員十五名程度の小規模企業。社長の犬山昌三は常に解体現場で自ら重機を操縦し、建屋を解体している。実質的な経営は専務の宮本弘と常務の犬山秀明の二人が取り仕切っていた。そしてこの三號開発の融資も俺の担当だった。

本社に到着した、しかし入り口には倒産を知らせるＡ４紙が一枚貼られているだけで、なんの情報も無い。居ても立っても居られず、すぐにバイクを走らせた。

資材ヤードには遠目からでもわかるほどの人集りが出来ていた。入り口には三號開発と書かれた十トンダンプが横向きに停められている。敷地への侵入を防ぐ為の処置だろう。しかし、その隙間を通り抜け、リース会社の担当者たちが自社品の回収に奔走している。「三號開発に何があったのですか」俺は近くの男に訊ねた。男は俺の名札に目をやる。「あんた、淀信さんか。昨日の夜に倒産を知らせるファックスが来たんや。朝から本社で協力業者への説明会する言うから行ったけど、専務が『この度、倒産することとなりました。誠に申し訳御座いません』そない言うて土下座したら、それでしまいや。アイツらこのタイミングの倒産の報告なんて怪しすぎるやろう。こんなもん計画倒産やぞ」と、男の辛辣な口調からただの倒産でないことが窺えた。

　俺は情報を集めようと、取引先業者がいないか探して回っていた。そうこうしている間に大型レッカー車が到着、入り口に停めてある十トンダンプを退かせて次々と台車を搬入させると、全ての重機を回収し始めた。支払いが終わっているはずの古いタイプの重機まで回収しているのは少しでも損失を減らす為の処置なのだろう。

　重機の回収が終わると、開いた入り口から野次馬たちが敷地へと流れ込み鉄製品の物色を始めた。すぐにそいつは暴徒化し略奪へと変わっていった。

　俺は会社が倒産するという悲惨な現実を初めて目の当たりにした。

　その後、ゴルフコンペで一緒だった常務の犬山に連絡を取り、駅前の喫茶店で会うこととなった。俺が喫茶店に到着すると犬山は背を向けるように手前側に座り、俺の姿を確認すると「片瀬さん。この度は本当に申し訳ない」と頭を下げた。

「常務、どういうことなんですか、二ヶ月前も大きい仕事を受注したからって融資を通したところじゃないですか」

「原因は社長の重機購入なんです。弊社が実際に解体している現場なんて二、三現場で、ほとんどの重機は稼働していない状態でした。現場は下請けに丸投げしているので粗利も少なく、ここ二年間は自転車操業状態でした。社長に掛け合い、宮本と『重機を手離せ』と説得を試みたのですが、聞く耳をもたなかった」

「流石に二億も飛ばされると僕の立場もヤバいですよ」

その後、俺は職場に戻り柿沼に状況報告をした。すると「書類の数字しか見ていないからこんなことになるんだ！」と声を荒げたのは、柿沼自身の立場も相当ヤバいからだろう。

その時、窓口に立つ西伸社長、西田の姿が視界に入った。俺の目に映る西田はゴルフコンペの時に会った時とはまるで別人のようだった。それはゴルフウェアがスラックスとワイシャツに変わったからではなく、その厭世的とも言える表情は俺の知っている西田ではなかった。

俺は融資専用スペースへと西田を案内した。

「片瀬さん、困ったことになってしもた。二千万、何とか融資お願いできませんか、返済は最長の七年でお願いしたいんです」

「社長、申し訳ございません。当金庫も三號開発の突然の倒産に状況の把握が追い付いておりません。三號開発の下請け企業への融資となりますと、正直厳しい状況かと思われます」

「そんな冷たいこと言わんといて下さい。淀信さんとは長い付き合いやないですか」

「社長、三號開発が危ない。そんな噂は無かったのですか」

「倒産は寝耳に水でした。せやけど原因は常務の犬山のせいですわ。三年前に自分の会社倒産させて、兄貴の社長に泣き付いて三號に入れてもろたんですわ」

「えっ、常務って入社されてまだ三年なんですか」

「そんなことも知りませんのか、アイツが来てから三號がおかしなことになり始めたんです。身内いうだけで一年で常務になった思ったら、従業員の給料下げて、下請けには相見積もりで単価の叩き合いさせて、腕のええ職人は皆、アイツが嫌で辞めていった。ほんだら程度の低い職人を集めて仕事させるもんやから大手ゼネコンからの信用はガタ落ちなってもうたんですわ」

「犬山常務の話と偉い違いますね。原因は社長の重機購入だと言ってましたが」

「アイツ…、何を戯けたことぬかしてるんや。アイツが来るまで重機が足らん言うてリース機ようさん借りてたんですわ。社長はリース機に利益喰われるから言うて重機の購入した言うてました」

「僕はてっきり社長は重機マニアだと思っていましたが違うんですか」

「最近は会社を立て直さんならんから言うて社長自ら必死に現場出てましたんや、社長から『西田さん。三號のこと、宜しくお願いします』って頼まれてたんで俺は下請けに留まってたんです。片瀬さん。倒産の原因は常務の犬山です。アイツが会社の金を横領してた噂も事実や思います。社長でもクラウンやのに、なんでアイツがポルシェなんか乗れるんですか。おかしいでしょう」

西田は犬山の話をすると顔を赤らめていた。確かにコンペでの犬山はハイブランドに身を固め、ポルシェに乗っていた。倒産寸前の企業の常務がそこまでの給料を取れる訳も無く、犬山が横領していたとしたら今回の倒産にも合点がいく。

「片瀬さん。融資なんとか頼みますわ」

「少々お待ちください」俺は逃げるように柿沼の元へ行き状況を伝えた。すると柿沼は「俺が追い返してやる」と憤り、西田の座る融資スペースへと向かった。

「支店長、なんとか融資お願いします」

「社長、私も何とかしたい気持ちでいっぱいなのですが、本日倒産した、下請け企業への融資となりますと、直ぐにお返事することは難しいかと…」

話は振り出しに戻った。そして柿沼の言い分も俺と同じだった。

「中小零細を支えるのが信用金庫の基本理念やないですか。みんな金の為だけに仕事をしてるんと違うんです。生きていく為なんです。支店長、立場のある人やったら俺の言うてることとわかりますやろう」

「はい…」柿沼は戸惑いの表現を浮かべた。

「会社には従業員がいて、取引先があって、その向こう側にはそれぞれの家族の姿があるんです。そんな人たちを路頭に迷わす訳にはいかんのです。長年培った技術と信用があれば金は後から付いてきます。金は必ず、必ず返しますんで、どうかこの通りです」と西田は涙を流し、土下座をした。

「社長、頭お上げ下さい。仰ってることはよくわかりました。稟議、通せるか検討してみます」

「ほんまですか。よろしくお願いします」と西田は柿沼の手を握り、縋り付くような表情を浮かべた後、その場から去って行った。しかし柿沼は端から西田に掛け合うつもりなどなかった。

その後、西田は取引の無い信用金庫や銀行、金融機関全てを回り金策に奔走した。しかし西田の粘り続けた折衝も実は結ばず、何処からも融資を受けることは出来なかった。


そして西田は首を吊り自ら命を絶った…。


西田は生命保険の金を全ての返済に充てがうようにと遺書を書き残していた。命と引き換えに会社、従業員、その家族を守ったのだ。

その事実を知った俺は「どうして稟議に掛けなかったんですか！」と柿沼に詰め寄った。しかしこの台詞は他の金融機関が西田に融資をした時に吐く台詞だった。柿沼はそんな俺を相手にもせず、自責の念を抱いたその曇った目を見て、西田を自殺へと追いやった張本人が自分だということに初めて気が付いた。三號開発融資担当の俺が粗悪な経営の実態を見抜けていたら西田が死ぬことは無かっただろう…。

それから半年が経過した。俺は未だに西田の通夜の夢を見る。西田の妻の憎悪、一人娘の哀哭、従業員の絶望。集まった人々のそんな視線が脳裏に焼き付いている。こんな仕事をしていてなんだが俺は金を舐めていた。金は不安定な危険物のようなものだ。取り扱い方を一つ間違えると暴発して全てを吹き飛ばしてしまう。そんな物を扱っていることが、今はおっかなくて仕方がない。こうなると担当企業への審査を厳しくせざるを得ない。これはうちの支店の業績が伸び悩んでいることにも繋がっている。しかしそんなことは俺の知ったことではない。一番必要な時に金を貸せない、闇金以下の金融機関への解せない思いがそうさせた。「何か資金必要ないですか?」とマニュアル通りの戯けたことをほざく同僚を見ていると虫唾が走る。

しかしそんな俺を訪ねてあの男がやって来た。

「片瀬さん、ご無沙汰してます」と懐かしい友人に会いに現れたかのような表情を浮かべているのは犬山だった。相変わらずのハイブランドスーツに高級腕時計。その風情は何処から見てもインテリヤクザそのもので、今にも「困ってんねやったら金貸しまひょか?」と主客転倒の台詞を言い出しそうだ。

この時、融資専用スペースに空きが無く、犬山を個室へと案内した。

「ご無沙汰しています。今日はどうなされたのですか」と俺が訊ねると「うちと取引してほしいんですよ」と犬山は俺に名刺を手渡した。そこには〈株式会社白和・専務取締役・犬山秀明〉と書かれ、社名の上側には解体から未来は生まれる。とメッセージも書かれていた。まず俺はなんて胡散臭い会社なんだと思った。それと同時に「えっ?」と声が漏れてしまったのは自身の耳を疑ったからだ。「三號開発の専務だった宮本が社長で僕が専務として一から会社を立ち上げることにしたんですよ」その説明に俺は言葉を失った。しばらくの沈黙の後、「建設業の許可はお取りになられたんですか」と訊ねると、犬山はヴィトンのバッグから書類一式を取り出し、俺はそれを受け取った。釈然としない気持ちの中、書類全てに細かく目を通した。そしてどう考えても辻褄の合わない箇所が目につく。「許可書の取得日が三號開発の倒産の三ヶ月前となっていますが、これはどういうことですか」と犬山に指摘をする。許可書の申請から許可証の取得まで三ヶ月は掛かるとしても倒産の半年前には新しい会社が設立される予定だったことになる。それは完全な計画倒産を意味していた。

「三號が傾いていたので先に手を打っていたんですよ」

「傾いていた？　それで当金庫から融資を受けていたんですか。それ詐欺じゃないですか」

「片瀬さん、固い話はええやないですか、兄貴が損させた分、ウチで儲けたらええんですよ」

「犬山さん…、西田社長がお亡くなりになられたことはご存じですか」

「あぁ、なんも死ぬことないのにねぇ、ケツ割る根性も無いのに商売するからそんなことなるんですわ」と犬山は西田の名前を出されると態度を豹変させた。一度視線を床に落とすと、苛立ちを腹の底にでも納めたのだろうか、半開きの目で大きな溜息を吐いた。俺はそのおざなりな態度に西田の言っていた「犬山は詐欺師やぞ」という言葉を思い出した。

「ケツ割る根性って、倒産させることを半年前に伝えていれば、西田社長が死ぬ必要なんてなかったでしょう！」俺は声を荒げ、机を叩きつけた。有らぬことに呆気に取られた犬山の顔を見て我に返った俺は「もう帰って下さい…」と声を絞り出すことしかできなかった。

メキシコ料理店

何が「週末は彼氏と約束があるんです」だ。ブス…。

それにしても散々な一週間だった。突然現れ、滔々と太平楽を並べた犬山。幾人か苦手な客はいるが、流石にキレてしまったのは初めてだった。最近よく耳にする、エナジーバンパイアなんて言葉がしっくりとくる野郎だ。挙げ句の果てには事務の河野にまで袖にされた。あれは想定以上のダメージだった。しっかり告白して振られたぐらい小っ恥ずかしかった。大殺界ってシーズンがあるとすればきっと今だろう。

そんなことを思う仕事の帰り道、気分転換になればと以前から気になっていた、銭湯の桜湯に寄ってみることにした。そこは低い煙突が残る、昔ながらの銭湯だ。蒲鉾板のような下足箱の鍵を抜き取り、番台のおばちゃんに金を払う。男と書かれた暖簾をくぐると、昭和から時が止まっているかのような風情。脱いだスーツを適当にロッカーへ突っ込み、浴場へと向かった。

かけ湯をして湯船に浸かる。「はぁ…」と自然に溢れ出た感情に「極楽、極楽」と付け足した。鬱積したナーバスな気持ちが湯船に溶け出すようだ。ここに来た目的がもう一つあった。それはサウナだ。近頃よく耳にする、ととのうを体感してみたかった。

早々に湯船を切り上げ、サウナを覗き込む。こぢんまりとした室内には対面に椅子が設置されている。数人いるが空きはあるので入ってみることにした。

俺は一番奥の手前側に陣取った。壁の温度計の針は九十一度を指している。膝に手を突き、額から「ポタ、ポタ…」と、滴り落ちる汗を見ていた。すると「雲の如く定まれる住所《すみか》もなく、水の如くに流れてゆきて、よる処もなきをこそ僧とは云うなり」初めて聞く言葉に、九十度首を捻り目線を上げテレビに目をやる。それは雪山の奥深いところにある寺で座禅修行をする僧侶たちの姿だ。極寒の寺に座る僧侶に対峙するように俺は灼熱のサウナに座っている。「おい、坊主共。娑婆の修行もそれなりに厳しいぞ」と訳の分からない台詞が思いつく。

扉が開くと力士のような巨漢の男が現れ、俺の斜向かいに座った。「おっ、ドリチン！」そのフォルムに昔を思い出す。

大男はすぐに大量の汗をかくと苦悶の表情を浮かべた。「お前よりも後にここから出てやる」と俺は心の中で大男に勝負を挑んだ。

それから時計の針が一周して十二分経過した。大男は壁に頭を預け、足を放り出すとイビキをかき出した。この思わぬ強者の登場に心なしか愉快さを感じる。そのうち熱さで目を覚ますだろうと、俺はテレビを見続けていた。しかし滝のように流れ出す汗が止まらない。「死ぬ…」どうやら限界のようだ。俺は立ち上がった。窓に映った自身の姿が目に入る。見たこともない忿怒の形相、まるで炎に浮かび上がるお不動さんのような姿に修行と言う表現も些か過言ではない気がした。

その時、「フンガッ！」と、大男は息を吹き返したかのように突然目覚め、足早にサウナから出て行った。俺もその後を追うように付いて行き、水風呂に飛び込んだ。ヒートショックで倒れる老人の姿が刹那的に頭を過ぎる。その幽体離脱してしまいそうな感覚が堪らなくいい。そのあと外のベンチで微睡んでいると身体は真新しくなったかのようにとのった。

再び湯船に浸かり、壁面に描かれた三保の松原を眺め、明日訪れる予定の無い週末のことを思い出す。「座禅でも行ってみるかぁ…」と、さっき見たサウナのテレビに引っ張られていた。

風呂から上がるも身体の芯から汗が噴き出す。自動販売機のビールと目が合うとガールズバーの一方的な呼び込みのように「一杯どうですか？」と訊ねられている気がした。「しかたないなぁ、一杯だけな」と卑しい口が返事をする。

しばらく扇風機に当たりながら携帯を触っていたが、すぐにビールの酔いが回ったのはサウナのせいだろう。気がつけば座禅の予約を済ませ、一仕事終えたような気分になっていた。

翌日。アラームが鳴る寸前に自然と目覚めた。サウナの効果か、眠りが深かったのだろう。久しぶりに清々しい朝を迎えることができた。

京都の観自在寺に到着したのは午前八時半。三門をくぐり抜けると人の多さにたじろぐ。

ほとんどが女同士、もしくはカップル。男一人なんて俺だけだった。受付に並んでいると、手水舎に飾られた花にスマホを向ける同じ歳くらいの女の姿が気になる。一人で来ているようだが気さくに寺の人間と会話をしている。「常連客か…」座禅会は客なのか、正しい表現がわからない。

しばらくすると案内が始まった。離れた建屋に移動すると、そこは広い板の間で座禅に使う座布団が等間隔に並べられている。床の間には〈諸悪莫作〉と書かれた掛け軸があり、縁側の向こうには枯山水庭園と、目の前には見事な和の空間が広がっていた。

俺は気になる女性の斜め後ろに座り、背中に浮き上がったブラジャーのラインをぼんやりと眺めていた。

午前九時。「皆様、おはようございます。ようこそ御参詣くださいました」と住職が現れた。そしてこの寺の歴史を語り出したが興味の無い話が続くと俺は睡魔に襲われる。ガクンと首が外れそうになり目が覚め、周りが騒つく。俺は「何かあったのか?」と、辺りを見渡し他人事のようにやり過ごした。

住職の話がようやく座禅の説明に入った。「姿勢と息を整えながら数字を数え心も整えましょう」要するに何も考えずに数字だけを数えていろということか。そして最後に座り方の説明が終わり、「皆様よろしいでしょうか」と住職は拍子木を手にした。「カンッ！カンッ！」と二回、乾いた音が部屋に鳴り響いた。

ようやく座禅が始まった。住職は長い木の棒を持ち歩き回っている。動いたらあの棒でしばかれるのか。独特の緊張感が漂う。

そんな中、俺の結跏趺坐はほどなくして崩壊した。じわじわと関節を締め付けられる感覚は、四の地固めバイマイセルフと言ったところか。「あの棒で坊主にしばかれる」俺は慌てて半跏趺坐に座り直す。そして息を整え、心を整える。「一……、二……、三……。健一、この後、何食べ行こっか？」と、突然脳裏に現れたのは斜め前に座る女だ。「私、信用金庫で働く男が好きなの」「私…、すっごいやりたい気分なの…」消しても現れる聞いたこともない女の声。こ、これが煩悩ってヤツなのか。釈迦は菩提樹の下で瞑想をして魔羅（悪魔）に打ち勝ち悟りを開いた。と昔に授業で習った記憶がある。「クソっ、消えろ悪魔！」掻き消しても次々と頭の中に現れる。

「カンッ！　カンッ！」終了を知らせる拍子木が叩かれた。

一体なんだったんだ。何かに取り憑かれたかのような感覚に波のような疲れがどっと押し寄せる。俺は悪魔に惨敗を喫した。斜め前に座る女は首を右、左と傾け関節を鳴らしている。「もっと骨のあるやつはいないのか？」悪魔を踏みつけそんな台詞でも吐いているかのような雰囲気だ。

「皆様、如何だったでしょうか。忙しいこの世の中、苦悩も多く生きづらい。そんな気が致します。座禅を生活に取り入れ考え事を減らし、動中静《どうちゅうのじょう》。心の静けさを保ち、平穏な心で生活を送ることが出来たならば、日々の景色も変わるのではないでしょうか。今日、皆様にお会いできたのも何かのご縁でございます。このご縁が皆様の実りの多い人生に繋がることを願っております。それでは本日の座禅会終了とさせて頂きます」そう言うと住職は合掌をしてその場から去って行った。

俺には座禅は無理だ。そんな悟りを得るとはとんだ笑い種だ。俺は寺を後にし駅へと向かった。

少し歩くと俺の座禅を邪魔し続けた女の姿を見つけ、足早に近づいた。思い切って声をかけるか迷ったがナンパなんて歳でもない。しかしこれほど心惹かれる女に出会ったこともない。

しばらく悩んで出した結論は、このまま後をつけ、駅に到着して大阪行きのホームに向かえば声をかける。ようは問題を一旦先送りにしただけだ。しかし女は雑貨店に入って行き、俺は縁が無かったと諦めた。何故かそこにホッとする自分がいる。だからこれでいいのだ。

駅に到着すると電車は出発したところだった。電光掲示板に次の列車は十五分後と表示されている。俺は予定の無い午後の予定を探す。焼鳥屋で一杯やりながら競馬でも予想するか、それともこのムラムラとした欲情を抑えに風俗でも行くか…。気がつけば〈ぽっちゃりヘルス・アトミックボム〉のホームページを見ていた。その時、階段からあの女が降りてきた。見る見るうちにこちらへと近づいて来る、そして女は俺の真後ろにやって来た。まさかの邂逅に俺は焦る。思案六法に後家の大群。「健一、大阪行きのホームに来たぞ。あの女」俺の中の俺が言っている。「あっ、座禅会来られてましたよね」脳ミソのゴーサインよりも先に口が動いた。

「え、えぇ…」と女は辿々しくではあるが反応してくれた。

「座禅っていいですね」

「は、はい…」

「あのお寺、よく行かれるんですか?」

「えぇ、まぁ…」

「俺、初めてだったんですけど、いいお寺ですね」

「座禅がお好きなんですか?」

「毎朝、欠かさず瞑想するんですよ。たまには寺に行って座禅するのもいいもんですね」

「私、大阪で瞑想取り入れたヨガ教室やってるんで興味があれば来てくださいよ」と女が言った時だった、ホームに電車が滑り込んできた。

　俺たちは適当な席を選び座った。俺は信用金庫の営業で培った途切れない会話、質問も多めに相手の話を聞くことに徹する。女の経営するヨガ教室の詳細について詳しく訊いているると、女がバッグから取り出したA4紙を受け取る。それはヨガ教室の案内だった。そこにはビューティーアンドヘルス・ヨガスタジオ・シャンティと書かれ、その下にはヨガポーズをきめる女の写真と代表・篠田莉奈と書かれていた。まず俺はカレー屋みたいな名前だなと思ったがそんなことはどうでもいい。必死に興味があるふりをして、その場で水曜の仕事終わりに体験レッスンに行くと約束をした。

それから電車が大阪駅に到着すると俺たちは別々の方向へと歩き出す。その時、俺は初めて気付いた。

「これが一目惚れってヤツなのかぁ…」

水曜日。俺は予約をしていた、莉奈のヨガ教室シャンティに到着した。「ヨシ」緊張しながら扉を開けると「お待ちしてましたよ」と笑顔の莉奈の言葉に自然と顔が赤らむ。「こちらへどうぞ」席に着くと、莉奈が諸々の説明を始めた。莉奈は注意事項が書かれた用紙を読み上げていくが、その抑揚の無い声に色気を感じると、まったく言葉が入らない状態になっていた。

その後、俺は着替えてレッスンが行われるスタジオへと向かう。そこは電光色の照明が灯る落ち着いた雰囲気。他にもレッスンを受ける三人の女がいた。しばらくすると「お待たせしましたー」と現れた莉奈は女豹のような肉体を晒す、その身なりはスポーツブラにレギンス。括れたウエストにある縦長の臍に生唾を飲んだ。

レッスンは瞑想から始まりヨガへと移行した。皆が簡単にポーズを決めるが、こいつが中々難しい。そんなことより莉奈の肥沃なバストが気になって仕方がない。「あの臍、どんな匂いがするんだろう…」そんなことばかり考えているうちに四十五分が経過してレッスンが終了した。

「ありがとうございましたー」と、女三人が帰って行った。「片瀬さん、お疲れ様でした。興味があったらまた連絡下さい」

「はい。入会します」俺は食い気味で答える。そのまま手続きを済ませてヨガ教室を後にした。

こうして週一回のヨガレッスンの生活が始まった。俺が金曜の最終レッスンを選んだのには理由がある。あわよくば莉奈を食事に誘いたい。そして翌日が休みであれば…、と、したたかで果てしなく厭らしい魂胆があった。

レッスンに通い出してから二ヶ月が経過した。「株と女はタイミング…」俺は人生一番の大勝負に出る覚悟を決めた。

レッスンが終了し、莉奈が一人になったタイミングを見計らい、「この後、予定あります？　軽く一杯行きませんか」口調こそ軽いが、そのプレッシャーは凄まじかった。莉奈は俺の顔を一瞬見ると「あっ、いいですね。行きましょうよ」と、呆気なさすら感じるほどの軽い返事をした。

それから俺たちは莉奈行きつけのメキシコ料理店、ルチャリブレに入った。店内の壁は派手なオレンジ色、サボテンの観葉植物やプロレスのマスクが飾られ、莉奈の後ろ側には聖母マリアが描かれていた。

莉奈は水を持ってきた店員に「注文いいですか？」と訊ねると「えっと、コロナビールが二つ、タコスのセットのハラペーニョとチーズ大盛りを追加、そらから…、ワカモレとエビのセビーチェお願いします」と莉奈は慣れた様子で注文を済ませたが、俺は見慣れないメニューに今一つ食欲が湧かなかった。

「男の人に食事誘われるのっていつぶりだろう、嬉しかったよ」と莉奈の言葉に俺は気持ちが舞い上がってしまい、「篠田さん、お付き合いされている方いないんですか」と、野暮ったい質問をぶつけた。「いたら男性と二人で食事なんて無理でしょう」莉奈の言葉に、聖母マリアの光背が希望の光に見えていた。

「年齢訊いてもいいですか？」

「さぁ、何歳でしょう？」俺の質問は質問で返され答えに悩む。女には嘘でも若く言うべきだろう。「綺麗だし若く見えますけど、経営者ですもんね。んー、二十九歳。ぐらいですか？」

「ブッブー、三十二歳でしたー」そう言うと少女のようなあどけない笑顔を浮かべた。

「俺より二歳上なんですね」莉奈がもっと歳上であって欲しいと願っていたのは、自身の好きなことを仕事にして、キラキラとした人生を送っていることへの嫉妬のような感情があったからだろう。

「ビール空きましたね。次、何飲みましょうか」と俺は話題を変えた。「メキシカンにはテキーラでしょ！」と莉奈のあたかも当然であるかのような口調に「お前はメキシコ人か」と心の中では言っていたがそんな攻めた飲み方も悪くないと思った。「すいませーん」と俺が店員を呼ぶ。「キンキンに冷えたクエルボのボトルお願いします」と莉奈が注文をした。

　霜の張ったボトルのテキーラとショットグラス、カットライムが皿に盛られ運ばれてきた。俺がショットグラスにテキーラを継ぐと莉奈はライムを手にした。「じゃ、乾杯」と莉奈が言うと俺たちはテキーラを一気に飲み干した。「クゥー！」こんな飲み方は学生の頃以来だ。頭の中でジャンガ、ジャンガとマリアッチが楽器をかき鳴らしているようだ。

　ここから一問一答一ショット状態の危険なペースとなる。「ねぇ、片瀬君って頭いいの？」と酔いが回ったのか莉奈が不躾な質問をしてきた。「一応、大学は卒業してますけど、幼い頃からずっと柔道やってたんで、柔道で大学選んだって感じですかね」

「へぇー。で、強いの？」

「うん。たぶん、一応は日本代表目指してたんで…、けどやっぱ強いヤツっているんですね。オリンピックなんて夢で終わっちゃいました」

「へぇー。それでもすごいじゃん」

「篠田さんはヨガを好きになるきっかけとかあったんですか」

「ヨガはねぇ…」そう言うと莉奈は言葉を詰まらせた。酔いが回り咄嗟に答えられないことを誤魔化すかのようにショットグラスのテキーラを飲み干し「ヨガというより」と言い換えた瞬間、テキーラの刺激に喉をやられたのだろう。眉間に皺を寄せ、顔を歪め、一瞬おっさんのような表情になった後、饒舌に語り出した。「私は人間の潜在能力が知りたいのよ。円周率をどこまで暗記できるかとか、透視能力とかＵＦＯ呼んで宇宙人と会話するとか、なんだっていいのよ。私はね…、魔女になるのが夢なのよ！」

「ま、魔女っすか…」

「そう魔女よ。魔女。あっ、そうだ。魔女で思い出したわ。今度、興神会ってとこのヨガセミナー行くんだけど、片瀬君も一緒に行かない？」まさかの莉奈からの誘い。ヨガなんてどうでもよかったが、俺はデート気分で誘いを快諾した。

その後も俺たちは終電ギリギリまで酒を飲み続けた。

魑魅魍魎

「おっはよ！」と俺の肩に手を乗せ、顔を覗き込んでくる莉奈に「うわっ、びっくりした」と反応したがそんなことはやめてくれ、これ以上好きになるのがつらい…。朝っぱらから心を掻き乱された。

俺たちはヨガセミナーに向かう為、早朝の難波駅で待ち合わせをしていた。十月に入り急に空が遠くなったように感じる。莉奈のチャコールグレーのワンピースも秋っぽい。

電車を乗り継ぎバスを降りた場所は新鮮な空気、そんな言葉がしっくりと来るような山麓のバス停だった。大きな溜池の脇道を通り、たわいも無い会話をしながら歩いていると、「あっ、これだね」と莉奈が指さす先には興神会と書かれた大きな石柱があった。

そこから長く伸びた急勾配の石段があり、俺たちは息を切らしながら、数えるように一段ずつ石段を上った。

その趣から寺のような建物があると勝手に思い込んでいたが、現れたのは古びたコンクリートの建屋だった。立て札の案内に従い歩いていると、受付に並ぶ人集りが出来ている。「こちらが受付になりまーす。アンケートの記入後、携帯電話はこちらの布の袋に入れて一旦、お預けくださーい。映像機器、録音機器等は持ち込みできません。荷物もロッカーに預けて頂きまして、場内へは手ぶらの状態で入って頂くよう、お願い致しまーす」と緊張感の無いスーツ姿の男が拡声器を使い、だらだらと案内している。その歓楽街の胡散臭いキャッチのような佇まいに「携帯袋に入れさせるって盗撮防止のやり方だよ。コイツら風俗でも経営してるんじゃないの」そう言うと「へェ〜風俗って携帯を袋に仕舞うんだぁ。勉強なるわぁ」と莉奈が怪訝そうな顔つきで、俺を舐めるように見た。「いや、上司がそういうとこ好きで、いつも聞かされてる…」俺は完全に口を滑らせた。模範的な言い訳も見つからず莉奈は顰めっ面になると一言も喋らなくなってしまった。

俺たちは指示通りに荷物を預け長い廊下を歩き、突き当たりにある修行道場と書かれた大広間に辿り着いた。ここが会場らしい。板貼りの床に折り畳み椅子が並べられ、正面は組床で三十センチほど高く、舞台のようになっている。そこの壁には布がかけられ、中央に南無達磨大師と書かれた大きな額が祀られている。舞台上には様々な仏像が安置され、中央の床には畳敷の台座、その上に茶色のやたらと大きい座布団が置かれていた。

俺たちは気まずい空気の中、四列目の真ん中辺りの席に着いた。ずっと俺は莉奈と喋るきっかけを探していた。しかし何も思い浮かばず見切り発車で「ジャーン！」と言ってスマホを見せ付けた。

「持ち込みダメだって言ってたよね！」

「ここやっぱり怪しいよ。色んな会社行くから空気感でわかるんだよ。コイツを胸ポケットに忍ばせて動画撮っておくよ」

「片瀬君って風俗とか盗撮が趣味じゃないよね？」と言って訝しい目付きで俺を見た。

「そんなこと一切してないから！　ほら、見てよ！」俺は無実を証明する為にスマホのアルバムを見せつける。「ほら！　ほら、ほら、ほら…」

「あーー、もうわかったからそれ早くしまってよ！　退場させられそうでドキドキするのよ！」今度は莉奈を完全に怒らせてしまったようだ。

「皆様、おはようございます」と、さっきのスーツの男が現れ、セミナーの内容と注意事項の説明を始めた。第一部が法話。第二部が入信希望者への説明会ということだった。

「それでは慶果尊師様、宜しくお願い致します」と言ってスーツの男が立ち去ると、慌ただしく法衣姿の僧侶たちが台座の前に見台、マイク、飲料水などの用意していた。

そして後方の入り口から慶果尊師が現れた。杖を突き、からし色の袈裟を纏っている。髪型は白髪混じりの長髪で頭頂部だけが禿げ上がり落武者のようだ。長い髭を絞るように何度も触る姿に思わず「汚いおっさんだなぁ」と出た言葉に莉奈の首が一瞬動いた。

慶果は台座に腰を下ろし、マイクの高さを調整していると「キィーーーン」とマイクがハウリングを起こし、不快な音が会場に響き渡った。「あぁ、うるさっ」これが慶果の第一声だった。

「皆さん、ご機嫌さん。遠路遥々こんな山奥の辺鄙なとこまで、ようお越し下さいました。今日は皆さんの為に法話を頼まれましてここで喋らせて貰ってます。早速ですが宗教とは何やと理解してはりますか？　その前の男の方、意見をお訊かせ下さい」そう言うとスタッフが前列の男にマイクを手渡した。「宗教ですか…、えっと……、すいません、ちょっと難しいですね…」と男は考え込んでいた。「ちょっと意地悪な質問でしたか。確かに宗教は多種多様、それぞれに思想が異なる訳ですから、そんな簡単に答えられるもんではない。これは愚問でしたな。まぁ強いて言うなら、癒し、救い、哲学といったところでしょうか。私は仏教徒です。仏教に限って言えば、テーマは苦しみからの解放。お釈迦様は煩悩を無くし、悟りを得て、涅槃へ到達することを説かれました。それから時代に合った解釈が繰り返されてきたんですなぁ。有名なのは阿弥陀信仰と言われるもんで、ナンマンダブツと唱えたら極楽に往生することが約束されると言われております。ほなそれでよろしい。他にすることとありますか？　私に言わせたら詰みですわ」

おっさんは胡散臭いけど確かに話は分かり易い。

「私は同じ仏教でも五十年間、座禅一筋です。十代からの二十年間は永平寺で修行をしてまいりました。十二月になると毎日、五時間座り続けなならんのです。冷たいし、痛いんですが、隣見たら同じ歳の修行僧は釈迦みたいな姿で端然と座っとるんです。私は怒られるのが恐いから辛抱してたんですが、そりゃあもう地獄ですわ。思わず『ナンマンダブツ…』言いそうなりましたわ」

「プスッ」と莉奈が吹き出した。

「私は座り続けることで色んなことが理解できました。座禅を理解するまでに何十年も掛かりました。しかし腹を空かしてる人に『座禅をしなさい。空腹感が無くなります』そんなことを言うても伝わる訳がありません。せやけど実際に座禅せな解らんことなんです。

それで私の中で漠然とした思いが湧き上がりました。それは、こんなことしとってええのんやろか…、という迷いでした。しかし五十年間、仏教のことしか考えんと生きてきた人間に何ができますか。『明日からうどん屋なりますわ』そんなことが出来る訳ありません。せやけど五十年もうどんの修行してたら美味いうどん作れるようなってましたやろなぁ」と慶果のうどんの話で会場が笑いに包まれた。「オッサン、うどん屋は無理でも、落語家にならなれるんじゃないのか」そんなことを考えさせるくらいに慶果の話術は達者だった。「私は悩む日々の中、天からの啓示を授かりました。それは『お前の仏教を世に広めよ』というものでした。そして誕生したのがこの興神会です。現代は科学の進歩も目覚ましい。大概の病気は医者に治せる。昔に比べれば苦しみというものは減っている気がします。これからの時代は幸福感が大切になると私は考えました。幸福感やいうても綺麗なお姉ちゃんとブランド牛食べながら高級ワイン飲んでるようじゃあきませんで。そんなことしてたら次に訪れるのは苦しみです。欲望の奴隷になってもうたら人間は終わりです。せやから感性を研ぎ澄まして物事の本質を見抜く力が必要になる訳です。そこで重要なのが瞑想やヨガを通じて修行するということです。今日は私の弟子を連れてまいりました。その修行の成果をほんの少しお見せしたいと思います」

慶果は一人の弟子を呼び寄せた。現れた男は慶果と同じ袈裟を纏っている。年齢は三十歳ぐらいか、身長は高いがシルエットは細く、レンズの厚い眼鏡をかけ、下ろした前髪に気弱な感じが窺える。

「彼は論南導師です。私の元で修行を始めてから十年ほど経ちます。若手の実力者です。論南が今からお見せする…、まぁ説明は後の方がええか、論南、準備は出来ているか」慶果がそう言うと論南は後ろを向いて準備を始めた。袈裟を脱ぎ捨てると、ボディビルダーのような黒色のビキニパンツ一枚となり眼鏡を外し、こちら側を向き合掌をする論南の姿に俺は凍りついた。

その肉体は無駄な贅肉を削ぎ落としたかのように引き締まり、筋肉の鎧で覆われていた。そして眼鏡で隠れていた瞳は大きく、太く強い眉は端正な顔立ちを際立たせている。そして何よりもビキニパンツの膨れ上がった股間から想像する論南のチンコのデカさに圧倒された。そんな姿を莉奈は前のめりになり食い入る様子で見ていた。

論南は結跏趺坐になると合掌をし、何やら真言のようなものを唱え始めた。そして太腿に手の平を突き、腹を凹ますと、肋《あばら》骨の骨が剥き出しとなり、俺はその姿に真空パックの鯵の干物を思い出す。

「このポーズ見たことあるね」と、莉奈に言うと「う、うん」と俺の話を聞き流した。

「えっーと誰だっけ…」

「……」

「あっ、麻原彰晃！　いや違う！　鶴太郎か！」

「はぁ？」と言った莉奈に険しい表情で睨まれる。

それから論南は様々なポーズを決める。それは素人目に見ても上級者のヨガだ。そして徐々にポーズの難易度は上がっていく。莉奈は恍惚の眼差しで論南を見ている。そのゴーゴーボーイさながらのストリップショーを繰り広げる卑猥な論南を俺は軽蔑の眼差しで見ていた。

「うわっ、うわっ、うわっ…」と莉奈は口元を両手で覆い、目を丸くさせている。論南は身体中の関節を外し、腕や脚を編み込んでいくようなポーズを決めた。「コイツ絶対、自分でフェラチオしてるよ」と言いたかったがやめておいた。

論南は全てのポーズをやり遂げると立ち上がり合掌をして、袈裟を身体に撒いた。そして眼鏡をかけると元のひ弱な男へと戻った。

「ごくろうさん」と慶果の言葉に論南は合掌をした。

「論南はヨガの師範です。これはフィットネスやその辺のヨガとは違います。元々ヨガはヒンズー教の修行法でした。仏教もヒンズー教から派生したものですから遠因はあります。ヨガと座禅には共通点がありまして、どちらも大自然と自身が一体になるということです。座禅をイメージして下さい。巨木の幹は自身の胴体。腰を下ろした大地に根を張り巡らせ脳、指先の毛細血管へと大地のパワーを送り込んでやるわけです。そして身体に眠っている深層心、阿頼耶識の発見をさせてやるんです。そしたらどうなるか。その究極を皆様にお見せしましょう」そう言うと慶果は立ち上がった。数名の僧侶たちが慶果の元へやって来た。次はオッサンストリップショーの開幕かと、俺はもう辟易としていた。

慶果は壁に祀られている南無達磨大師の額に向かって合掌をした。一人の僧侶が和太鼓を叩くと、音に合わせ数名の僧侶たちが般若心経を唱えた。

和太鼓のリズムと僧侶の抑揚の無い声が妙に心地良く感じると、訝しい思いとは裏腹に俺の心は前のめりになっていた。

太鼓の音がピタリと止む。会場が静寂に包まれると慶果は台座の上で結跏趺坐になり、両手で刀印を振りかざし「臨・兵・闘・者・皆・陣・列・在・前」と叫び、次に智拳印を結び、「森羅万象この全宇宙の魂よ我に力をさずけよ！　オン、アビラウンケン、オン、アビラウンケン……」と真言を唱える。俺は慶果の迫力のある声に興奮状態になっていた。これから一体何が起こるのか全く想像もつかない、その状況に恐怖すら感じていた。

その時だった。慶果の身体が淀みなくゆっくりと宙に浮かび上がる。俺は目の前で起きている奇跡の光景に愕然となった。慶果はさらに声を張り上げると、身体は地上から一メートルほど浮き上がっていた。その目を見張る光景に会場は怒号のような歓声が響き渡った。その後、慶果はゆっくりと台座に戻ると、ぜいぜいと息を切らし苦悶の表情で倒れ込んだ。スーツの男が駆けつけ、水を手渡すと一気に飲み干し「少し…待って…下さい」と悶絶していた。

慶果は落ち着きを取り戻し「歳には勝てませんな」と前列の人に話しかけ、また喋り始めた。「これは私の最後の修行の地、チベットで修得した最高峰の技です。チベットの高僧は『瞑想で魂と肉体を切り離すことに苦しみは無い、この世に恐怖は存在しない。真の恐怖は我の中に存在する』と仰った。人間にとって最も恐ろしいのは死です。その恐怖を凌駕する力が瞑想には秘められている。修行をすることで、この世から恐るものがなくなると、日々の生活が激変します。失敗も恐れぬ精神力で何にでも挑戦できる訳ですから人生をポジティブな方へと導いてやることができる訳です。なんで私がここまでして、皆さんにこんな話をするか、それは布教の為です。なんで布教するか、幸せな人が増えたらこの世が平和になる、この世が平和なら苦しみを減らすことができる。ここで私の思想が仏教であったというオチに繋がるわけです。ということでこの興神会に興味のある方は是非入会してください。と言うても無料ではありません。この建物の維持費、出家者の食費、その他諸々運営には最低限のお金が必要です。何卒ご理解下さい。この後は弟子から細かい説明をさせて頂きます」そう言うと慶果は立ち上がり合掌をした。すると会場は盛大な拍手に包まれた。

慶果が去るとスーツ姿の男が現れ、「これで第一部の法話は終了となります」到着から既に九十分が経過していた。休憩を挟んだ後、第二部の入会の説明会が始まるということだった。

「片瀬君。凄かったね」とすっかり機嫌も元に戻った莉奈の姿に安堵する。「うん、まさか宙に浮き上がるとは想像してなかったよ。じゃあヨガも見れたし帰ろうか」そう言うと「私、最後まで話聞いて帰りたい。いいでしょう」と言う莉奈に何も言えず、第二部の入信者の説明会も聞く羽目となってしまった。

間もなく始まったその内容に俺は唖然となった。出家希望者は財産を全て興神会へ寄付しなければならない、在家での修行希望者は年間、最低三百万円以上の寄付をしなければならないというものであった。それを聞いて、最初に感じた胡散臭い教団という感覚は間違えていなかったと思えた。しかし莉奈は五日間、三十万円の短期合宿に参加すると言い出した。魔女になりたい彼女にとっては金の問題ではないのだろう。俺の脳裏に論南に口説かれるのではないかという一抹の不安が過ぎったが、胡散臭いから辞めておけ。なんて言ってしまうと嫌われる気がして何も言えなかった。

早速、莉奈は数日後に行われる合宿の手続きを済ませた。

欲望の奴隷

「大田和彦です。日本全国から選んだ名居酒屋の旅。今回は冬の静岡にやって参りました。ここは静岡駅北口ですね、雪は降っていませんが、ピリッと寒いです。でも寒いからいい。春の静岡もいいですがやっぱり冬が本場ですね。春は野菜、冬は魚。もう想像しただけでも楽しみになりますが、熱いコップ酒をキュッと一杯やって温まる。ここ静岡には沼津港と有名な魚市場があります。まずはここから…」

俺は缶ビールを開けた。テレビを見ながら晩酌するのが日課だ。酒に酔っ払うコツは心をアッパーな状態にさせること。興奮、愉快、痛快、そんな感覚で酒を飲めば心地よく酔える。大田が紹介すればなんでもないものでも不思議と美味そうに見えて摂食中枢が刺激される。だからこのなんの変哲もないスーパーのポテトサラダでさえ美味しく感じることが出来る。

ジャズのオープニングテーマが流れると、静岡の名所が映し出され、大田は魚市場を散策しながら干物を紹介。市場の人々と会話をしているシーンから夜の市街地の景色へと移り変わり、大田は一軒目の居酒屋を紹介し始めた。

「今日一件目に紹介する店は魚勢さんです。いつ来てもいい店ですね。蔵を改修してお店にしていますね。あの太い梁なんて今の時代じゃ手に入る物じゃないもんね。店主のこだわりが詰まったお店です。ご主人、ご無沙汰しております」

大田の挨拶に店主は照れながらニコリと笑う。

「魚の時期ものはなんですか？」

「今日は金目鯛とカワハギ、いいのが入ってますよ」

「ヨシ、カワハギは薄造り。金目鯛は煮付けでお願い！」

「あいよっ」

「さて、魚を頂くから酒からだなぁ…、何かお推めありますか」

「えっーと、六根か…、初亀辺りですか」

「うん。初亀いいじゃない。静岡に来た訳だしね。じゃあ初亀の熱燗でお願い」

熱燗、カワハギの薄造り、金目鯛の煮付けが並び、大田は熱燗を口に含むと、しばらく間を空け「んーこれは美味い酒だね。推定四十二度くらい。この酒にぴったりの温度。流石ご主人」そう言うと店主の顔が綻んだ。「まずは…、カワハギを頂こうかな、肝をポン酢に軽く溶いて…。美味いなぁ、旨味の塊にまったりと肝がからんで…最高だね」

俺の好きな場面だ。酒を熱燗にして温度を当てる。そして酒を褒め、料理を食べ「美味いね」と料理人を褒める。大田のそんな上品で温厚な人柄に憧れを抱く。大田を見ていると俺も酒が飲みたくなった。酒をレンジで燗にして。赤貝の缶詰を魚焼きグリルで温めることにした。

大田が次の店の紹介をすると、「チーン」と、こちらの熱燗が完成。缶詰と酒をダイニングへ運び、酒を一口…。「熱っ！」四十二度のはずが、「七十度はあるね…」下手なモノマネが溢れる。

二軒目はおでん屋だ。俺はその漆黒の静岡おでんの味を想像する。そんな何でもない瞬間に幸福を感じる。俺には修行なんてものは必要ない。

「皆さん、いかがでしたか。静岡はいつ来てもいい所です。一軒目に紹介した魚勢は蔵を改修した和風モダンのいいお店でした。大将の選んだ魚はどれも絶品で、大将のプライドを感じさせる、まさに富士山の様な誇りを感じさせてくせる店でした。そして二軒目の鹿嶋は静岡美人の女将の存在感。気さくで美しい人柄はお酒とおでんをさらに美味しく感じさせる魔法の調味料のようでした。みなさんも静岡に来たら立ち寄ってみてください。それではまた…」

番組が終了し、気が付けば日本酒は三合目に突入。かなり酔いが回った感じもしてきた。そういえば莉奈は昨日から興神会の合宿に参加すると言っていた。今週のヨガ教室は知り合いの講師が代行するらしい。休みたい…。それに合宿の期間は携帯が触れないからメッセージのやり取りも出来ない。会えないから会いたくなる。メッセージが出来ないから送りたくなる。「俺は…、俺は莉奈が好きだーーー！」酒のせいか、ここまで感情豊かになるのも珍しい。「あっ！」セミナーの盗撮動画の存在を思い出した。慌ててスマホを取りに行き動画の確認をすると、会話の度に莉奈の姿を捉えていた。スマホの小さい画面が嫌になり、ノートパソコンを開いた。クラウドから動画をダウンロードして酒のつまみに莉奈の姿を楽しむことにした。「片瀬君って風俗とか盗撮が趣味じゃないよね?」画面の莉奈が言っている。盗撮が趣味になりそうな一抹の不安を感じていたのは、無意識に股間を触っていたからだ。

動画では論南が華麗なヨガを披露している。そもそもヨガってビキニでするものなのか?と疑問が湧く。携帯を使いヨガの画像検索かけてみたがそんなヤツは一人もいなかった。

俺は訝しい思いで動画を見ていた。そして慶果が宙に浮かんだ。俺は動画を戻し、スローで何度も見た。大きな座布団の上にもう一枚の座布団があり、その上に慶果は座っている。慶果が浮く。座布団が消える。慶果が戻る。座布団は二枚に戻る。どう見てもおかしい。そもそも人間が宙に浮く訳が無い。袈裟の布で座布団を覆い隠しているが、おそらく座布団と後ろの壁に何らかの仕掛けがあるのだろう。しかし、この動画の角度からでは後ろ側を確認することは出来なかった。

俺はすっかり酔いも覚めて血の気が引いていた。興神会は金を集める為に陋劣な手段で信者を集めるインチキ新興宗教だ。

莉奈は大丈夫なのか。帰ってきてから事実を伝えるべきか、それとも今すぐにでも知らせるべきか。俺は悩みながら眠りについた。

「森羅万象全宇宙の力を我に与えよ!」「それがね。宙に浮いたんです」「下手なショーパブ行くよりオススメですよ。とにかく、すっごいアソコしてるんです」翌日、営業先で興神会の話をするとウケがよかった。しかし客は皆、「せやけど怪しいなぁ」と同じことを口にした。そう莉奈はその怪しい教団に今も騙され続けている。

「支店長、血を吐いてしまいました。病院に行ってもいいですか」嘘は派手な方がいいに決まっている。一旦気になると仕事が手に付かなくなってしまい、莉奈に事実を伝えに行くことにした。

車を取りに戻り、興神会に到着したのは午後三時を過ぎた頃だった。路肩に車を停め、石段を上ると、日曜日は開いていた鉄門は閉ざされていた。重たい鉄門を通れる幅だけ開け敷地に入ったが、改めて来てみると静まり返った空間に薄気味悪さを感じる。

前に来た時と同じ玄関から入り、事務所を訪ねる。「篠田莉奈の身内の者ですが、急用で伝えることがあるので会わせてください」と、そこにいた僧侶に伝えた。「少々お待ちください」と言われ、それから随分と待たされてようやく男が戻ってきた。「ただいま外界と遮断された境地での修行をされておられますので面会はできません。宜しければご用件を承り、適時こちらからお伝えしますが…」そう言われても厄介だ。「お前らがインチキ新興宗教だから今直ぐ逃げろ」と伝えてくれ。なんて口が裂けても言えない。

「そうですか…、明後日は何時解散ですか？」

「短期合宿はいつも午後九時頃の解散となっております」

俺は諦めてその場を後にした。石段を下りながら携帯で敷地の航空写真を確認していると、こちらとは反対側に車道が繋がっていることが確認できた。取り敢えず行ってみようと車を走らせた。山麓の県道をしばらく走ると、坂道に入った。分岐を右に曲がり県道から外れると正面にスライド式の格子の門が現れ、行き止まりとなった。

俺は車を降りて敷地を覗き込んだ。ここからはまだアスファルト道路が続き、先ほどの建屋は見えない。門柱には不自然に黒いペンキが塗られ、奈村精神病院の文字がぼんやりと浮かび上がっている。どうやらこちらが正面のようだ。

教団の敷地内へ侵入を試みようと思いついた。目立つ車を離れた場所に停め、雑木林の中を足早に突き進む。しばらくすると敷地の全貌が見えてきた。幾つかの低層建屋があり、その一棟には患者用のベッドが並べられている。信者たちにはあの部屋が充てがわれているのだろう。莉奈もあんな小汚い部屋に…。

そして敷地から隔離された場所に趣の異なる、片流れ屋根の住居を発見した。窓から内部を覗き込んだが中に人の居る気配は無いが、近くで男の話し声が聞こえる。俺は息を殺し、見つからないよう壁伝いに声のする方へと近づいた。

「親父、このワイン美味いな」

「せやろ、そいつはオーパスワンいうアメリカの高級ワインや」

「父さん、この肉も絶品だ」

「そいつは松坂牛や。神戸ビーフは田舎もんが食う肉や」

まったく状況が分からない。心臓が張り裂けそうになりながらそっと覗いた瞬間、目の前に光景に唖然となる。

郵便はがき

料金受取人払郵便

新宿局承認

2523

差出有効期間
2025年3月
31日まで
(切手不要)

160-8791

141

東京都新宿区新宿1－10－1

(株)文芸社

愛読者カード係 行

ふりがな お名前		明治　大正 昭和　平成　年生　歳		
ふりがな ご住所	□□□-□□□□		性別 男・女	
お電話 番　号	(書籍ご注文の際に必要です)	ご職業		
E-mail				
ご購読雑誌(複数可)		ご購読新聞 新聞		

最近読んでおもしろかった本や今後、とりあげてほしいテーマをお教えください。

ご自分の研究成果や経験、お考え等を出版してみたいというお気持ちはありますか。

ある　　ない　　内容・テーマ(　　　　　　　　)

現在完成した作品をお持ちですか。

ある　　ない　　ジャンル・原稿量(　　　　　　　　)

書　名			
お買上 書　店	都道　　　　市区 府県　　　　郡	書店名	書店
		ご購入日	年　　月　　日

本書をどこでお知りになりましたか?

1.書店店頭　2.知人にすすめられて　3.インターネット(サイト名　　　　)

4.DMハガキ　5.広告、記事を見て(新聞、雑誌名　　　　)

上の質問に関連して、ご購入の決め手となったのは?

1.タイトル　2.著者　3.内容　4.カバーデザイン　5.帯

その他ご自由にお書きください。

(　　　　)

本書についてのご意見、ご感想をお聞かせください。

①内容について

②カバー、タイトル、帯について

そこには三人の男の姿があった。その三人とは慶果、論南、それからセミナーを進行をしていたスーツ姿の男だ。品の無いジャージ姿で夕方からバーベキューをして酒を呷っている。そして二人は慶果のことを親父、父さんと呼んでいる。それを聞いて一瞬、やくざ映画で耳にする組長的な存在を指しているのかと混乱したが、父さんとは呼ぶことはまず無い、きっと親子なのだろう。

「セミナーに来たオバハン連中はうっとりした目でお前のアソコを見とったわ」

「なぁ親父、うちに女の信者が多いのは俺のお陰だろう」

「まぁそうやけど、お前ら程々にしとけよ」

「なぁ、そろそろ俺にもアレやらしてくれよ」

「阿呆ぬかせ、まだ十年早い。お前らはティッシュの箱でも抱いて、ワシの見て勉強しとけ」

俺には全く言葉の意図が汲み取れない。程々の意味、奇行染みたアレという表現が妙に引っかかる。奴らを締め上げて吐かせることも出来るが、何の証拠も無いまま手を出しても捕まるのは俺の方だ。ここは一旦引き返し、冷静に考えることにした。

ワイン飲んで肉喰らって、欲望の奴隷って自分らのことじゃねぇかよ…。

タントラ

「大田和彦です。日本全国から選んだ名居酒屋の旅。今回は大阪にやって参りました。ここは十三駅南口です。夏本番。溶けそうに暑い。冬は粉物、夏も粉物。大阪はなんと言っても粉物文化と商人の街です。冷えたビールをグイッとやって喉を潤す。想像しただけで堪りません」

大田は夜の街を紹介し始めた。

「ここはションベン横丁という通り。下町風情の味わえる僕の大好きな町です。小豆色っていうのかなぁ。独特の色の電車が走っていますね」大田は線路沿いの石垣に貼られた小さな赤い鳥居を指差した。

「ションベン横丁でも立ち小便はいけませんよ」そう言うとニコリと笑った。

「キャー大田さん」

「お嬢さん、僕のこと知ってる?」

「はい。いつもテレビ見てます」

「お嬢さんは何歳?」

「二十歳です」

「僕、七十二歳」

「大田さん、ビール飲んで行ってくださいよぉ」

「お嬢さん、どこのお店？」

「このビルの四階です」

「ヨシ、ビール飲みに行こう！」

　そして大田はバーのカウンター席に座った。

「生ビールお願い」

　そして大田はジョッキの半分ほど豪快に飲むと「美味いねぇ」と唸った。

「私も一杯頂いてもいいですか」

「どうぞ、どうぞ」と言って大田と乾杯をすると「私、ツチノコを捕まえたことがあるんですよ」と女は訳の分からないことを言い出した。「ヨシ、お会計お願い」と言って話を強引に切り上げた大田は伝票を受け取った。「ビール一杯と柿の種で十五万円は高いなぁ」

「私も一杯頂いたんで…」

「あっ、ぼったくりバーだな！」

「上の人呼びましょうか？」

「かまわない、かまわない。金なら腐るほど持ってるから」そう言うとカウンターに札を掘り投げた。

　大田は線路沿いの石垣に貼られた赤い鳥居に小便を撒き散らし、唾を吐いた。

「さぁ！　今晩の名居酒屋の旅、如何だったでしょうか。大阪は粉物と商人の街と紹介しました。大阪商人のドス黒い魂。ガールズバーではしっかりとぼったくられました。底なし沼のような人間の心に触れた旅でした。みなさんも、ぼったくり、詐欺、インチキ宗教には気をつけましょう。ではまた…」

「ハァーーーーッ！」

俺は悪夢で目覚めた。あの菩薩のような人柄の大田が夢枕に立っていた。そして「インチキ宗教には気をつけましょう…」あれは天啓なのか。そういえば、今日は莉奈の合宿最終日だ。

莉奈のことは心配だがどうすることも出来ず待つしかない。終わる頃に「どうだった？」とメッセージを送って様子をみよう。インチキ宗教の説明はその後だ。

「片瀬どうした、顔色が悪いぞ。まだ胃が痛いのか？」出勤して直ぐに柿沼が言ってきた。

「ええ、最近色々とありまして…」

「あんまり無理するなよ。それはそうと犬山の新しい会社、業績いいらしいじゃないか」

「それがどうかしたんですか。まさか取引するとか言わないですよね」

「俺は反対したが本部はそう考えていない様子だった」

「そんな血が通ってない奴に金を貸すから不幸なことが起こってしまうんですよ」

「信用金庫と言ってもやっていることは所詮ただの金貸しだからな」

今日は朝から気分が悪い。犬山と聞くだけで虫唾が走る。午前中は営業回りと言うことにして、気のいいお客さんのとこにでも行こう。こういう時は喋るのが心の健康に良いという話を聞いたことがある。

俺はバイクを走らせ矢島仏具店に向かうことにした。気さくで話好きの店主と話せばきっと気分転換になるだろう。

プラスチック製のデカい観音像の前にバイクを停めた。自動ドアが開き店に入ると「チーン、チーン」とおりんの心地良い音が鳴るシステムだ。

「こんにちはー。淀信の片瀬ですー」

「何や。急にどないしたん?」

「近く通ったんで、この前話していたイデコのパンフレットお渡ししようと思いまして…」

「俺、五十過ぎたのに年金とか興味ないで」と言いながら矢島はお茶を淹れ始めた。

「まぁまぁ、そんなこと言わずにパンフレットだけでも。六十歳まで加入できますんで」

俺がパンフレットを差し出すと矢島は眉間に皺を寄せ、顎を引きパンフレットを覗き込んで、「最近、老眼がきついねや…」と、独り言を漏らした。

「あっそうや、片瀬さん。一昨日言うてた空飛ぶおっさんの話やがな」

「いや、別におっさんは空飛んでないですよ。宙に浮いたと言うただけで」

「そいつ、ケイカいう名前と違うか?」

「ええ、そうでした」

「やっぱり…」と言った後、矢島は歪み顔になった。「その話、オモロいから知り合いの住職に聞かせてやったんや、ほんなら住職、急に顔曇らせて、その男の話し出したんや」

「なんて言うてたんですか？」

「訊きたい？」と矢島は得意そうな目で俺の顔を見た。すると俺の心拍数は一気に跳ね上がった。

「そいつ業界ではえらい有名人らしいぞ、とにかく色好きの変態で、おおやけにはなってないけど、昔に貫首の奥さんを誑し込んで破門なった言うてたわ、ほんで数年前からその空中浮遊発明してヨガや瞑想や悟りやと講釈垂れて信者勧誘して金騙し取ってるらしいわ。その教団があるとこ潰れた精神病院やったん知ってるか？」

「ええ、なんとなく病院みたいやなぁとは感じていました」

「そこの信者にＬＳＤ飲ませて幻覚を見させて『是即《これすなわ》ち悟りの境地ナリ』言う殺し文句でシャブ漬けにしてまうらしいわ。せやからほんまもんの精神異常者が集まる病院みたなっとるんやて」

「それ、完全にアウトじゃないですか」

「それだけちゃうど、まだ狂ってることがあってやなぁ、気に入った女には特別や言うて尊師魂注入という名の悟りの儀式を行うんや。ほんで護摩の炎の前で酒と一緒に得体のわからん薬飲ませてレイプしてまうらしいわ。そのまま中に出してまうもんやから妊娠する女も多いんや。あそこの坊主は皆、ケイカいうヤツの子供やいう噂やねんて。どうや、恐いやろう！　ガハハハハハ…」と笑う矢島。それは嘘か噂かわからない妙にリアルな話だった。「め、めちゃくちゃ恐い話じゃないですか…」と今にも正気を失いそうな俺は気の抜けた返事しか出来なかった。「そのケイカいうヤツ、今頃クシャミでもしてるんちゃうか」と、矢島は血の気の引いた俺の顔を見て楽しんでいるようだった。

俺は場を後にすることにした。ドアが開くと「チーン、チーン」とおりんが鳴り、気がつけば外のプラスチック観音に手を合わせていた。バイクに跨り、両足で地面を蹴ってバイクの向きを変え、スロットルを捻った瞬間、矢島の恐ろしい話に、更に悍しい想像を加える俺が現れると、俺の中のもう一人の俺は「今夜九時に解散したら全てが終わる」と俺を宥めた。もう一人の俺は「おい！　赤信号に変わるぞ。止まれ」と偉そうに指示を出す。俺は多重人格者が生まれる瞬間に立ち合っていた。

午後六時。終業時刻を迎えた。空が暗くなるにつれ、物事を楽観的に考えられなくなる。居ても立ってても居られず興神会へ莉奈を迎えに行くことにした。

もしも矢島の話が事実であれば最悪の事態も想定しなければならない。車のハンドルを握り思考を巡らせる。大切なことは順序だ。まずはホームセンターに立ち寄り懐中電灯、ボルトカッターなど適当に思い付いた物を買い込んだ。ホームセンターの駐車場にはそぐわないアメリカナイズされたフードトラックを見つけた。小腹が減っていたのでホットドックとコカコーラをテイクアウトで注文し車に戻る。

しばらく走ると高速道路の料金所を通過。ホットドックを頬張り、カーステレオから流れるビリー・ジョエルのピアノマンに耳を傾けていると少し心が軽くなっていた。

そしてアクセルを踏み込むと道路を照らすオレンジ色の照明が目紛しく通り過ぎてゆく。バックミラー越しの光の線は過去なのか。スピードと共に時間の流れが速くなる感覚はアクセルで時間をコントロールしているような錯覚を感じさせる。

興神会に到着したのは午後八時三十七分。僧侶の「九時頃の解散予定です」と言った曖昧な表現に些かの苛立ちが込み上げる。石段を上り、しばらくすると合宿を終えた人々が建屋から出て来たが皆、やつれ切った表情をしている。必死に莉奈の姿を探すが見つけることが出来ず、事務所に駆け込み「篠田莉奈はどこだ！」と思わず声を荒げた。一人の僧侶が俺の元へ駆け寄り「ど、どうかなさいましたか」と、どこか間の抜けた佇まいにコイツも慶果の血が流れているのかと思うと哀れみを感じ「篠田莉奈を迎えに来たのですが…」と言葉を改めた。「少々お待ちください」と言われてから随分と待たされ、男が戻ってくると「篠田様の希望で修行を延長されることとなりました」と、まさに最悪の事態を想起させる言葉が返ってきた。俺は秒で思考を巡らせた。この場での選択肢は二つだ。コイツを締め上げて莉奈の居場所を吐かせるか、裏から侵入し莉奈を探し連れ去るか。そして後者を選んだ理由は全ての情報に確信が無かったからだ。事を荒立てぬように「そうですか…」と、その場を後にした。

一段飛ばしで石段を駆け降りる。もう迷いは無くなった。すべきことが決まれば脳ミソはアドレナリンで満たされた。

　車を走らせ車道の繋がる裏手の門へと向かう。県道の分岐を曲がり、目立たぬように ヘッドライトを消すと辺りは闇に包まれ、目を凝らしながら門のギリギリに車を停めた。ボルトカッターを手に車のボンネットから門を飛び越える。取り付けられた南京錠をボルトカッターの刃で挟み、渾身の力でグリップを握る。それでも足りない力を補う為に腰を落としガニ股で踏ん張っていると「バチンッ」と、刃毀れと共に南京錠を切断することは出来たが両肘の骨が砕け散るような衝撃波に顔が歪む。

　まずはベッドが並べられている建屋に忍び込んだ。消毒液臭い廊下には赤い非常灯が灯り、立っている場所は朽ちた病院そのものだった。遠くに懐中電灯を持ち見回りをしている僧侶の姿が見え、気配を消して男を背後からアームロックで気絶させた。その法衣と懐中電灯を奪い取り、僧侶になりすまして莉奈を探すことにした。

　各部屋には四台のベッドが設置され、そこで信者たちは死んだように眠っている。懐中電灯を顔に向けても目を覚ます者が居ないのは睡眠薬のせいなのか。全ての部屋のベッドを確認したが莉奈の姿は無かった。そして住居、倉庫、使われていない建屋まで全て調べても莉奈を見つ出すことは出来なかった。

　残すはさっき訪れた事務所のある建屋のみだ。法衣を整え怪しまれぬよう正々堂々と玄関から歩み入る。階段を上り二階から調べるが、どの部屋にも曼荼羅や仏画、仏像などが置いてあり、おおやけに正当な宗教施設であることを裏付ける証拠を見せつけられている感じが否めない。不信感だけが積み重なってゆく中、ここに来てから既に一時間半が経過していた。発狂寸前の俺は僧侶とすれ違う度に背中に嫌な汗が流れ落ちた。

二階廊下突き当たりの階段から一階へと降りた。そこは日曜にセミナーで訪れた修行道場と書かれた部屋の前だった。鋼製扉には〈特別修行入室を禁ず〉の貼り紙、重たい扉をそっと開け中へと入ったが暗順応が追いつかず視界を奪われる。遠くにぼんやりと小さな炎の輪郭だけが見えていた。すり足でゆっくりと目を慣らしながら炎の方へと近付いて行く。五感がほぼ機能していない空間で強い不安を感じていた。「バチッ、バチッ」と炎の弾ける音が響き、オレンジ色の光が揺れるその奥に座る男の姿が浮かび上がってきた。しかしまだ全貌がわからない。精神崩壊寸前の状況下でジワリ、ジワリと視界が広がってくる。そして座る男が慶果だとわかった瞬間、最低最悪の光景が視界に飛び込んできた。

白衣姿の莉奈が上半身を曝け出し、慶果のチンポにしゃぶりついている。そして慶果は莉奈の乳房を揉みしだき、半開きの口で上を向き「あぁ…」と濁った太い喘ぎ声を上げていた。

「そんな……」俺は茫然となりその光景見つめていたが、急な怒りの発作に理性を失った。「変態野郎！　ブチ殺してやる！」と叫ぶと慶果はビクッと我に返り、一瞬辺りを見回した後、俺の姿を見つけた。「なんじゃ、貴様は！」と立ち上がった。

「あっ…片瀬君…どうしてここにいるのよ…」と莉奈は呂律も回らず大量の唾液を垂れ流している。

「あんた騙されてるんだよ！」

「違うの。私ね。悟ったの。宇宙に行ったのよ…」

「あんた、変な薬飲まされて幻覚見せられてるんだよ！」やるせない気持ちで叫び、台座の後ろの壁を思い切り蹴り付けると石膏ボードの壁がぼろぼろと崩れて落ちた。そいつを両手で掻き分けると、中から赤いフォークリフトが現れ、その横には論南が身を隠していた。

「これ見ろよ！　そのジジイが宙に浮いてたのもインチキだったんだよ。そのジジイの息子はあんたが犯されるところを、その穴から覗いてたんだよ！」そう言うと莉奈は慌てて身体を隠し、正気を取り戻した。

「端からここ怪しいって思ってたんだよ。でもこんなとこ辞めとけって言ったら嫌われる気がして黙ってたんだ。今じゃあ黙ってたことを死ぬほど後悔してるよ」

「やかましい！　この女の悟りを開かせる為にワシがどれほど祈り続けたと…」と慶果は喋りながら勃起したチンポを晒し、俺の方へと近付いてきた。俺は慶果の前袖を掴み「うるさいんだよ！　糞爺！」と怒鳴り付ける。そして獅子奮迅の溜めを効かせた一本背負いで慶果を板の間に叩きつけ、重たい拳を腹部に捻じ込んだ。「痛タタタ…」悶絶する慶果を余所に論南は走り去って行った。

「篠田さん。立てますか、早くここから逃げよう」俺は法衣を脱ぎ、そいつを莉奈に着せ、肩を抱き立ち上がらせた。「そんなことをして許させると思っているのか！」と、まだ食い下がる慶果に、溜息を吐きながら近づく。「少し黙ってろよ…」そう言って慶果の額と顎を掴み、捻ると「グギッ！」という重たい音と感触が手に伝わり、慶果は白眼を向き倒れ込んだ。

そして俺たちは部屋の隅の扉から外に出た。莉奈はまだ覚束ない足取りで朦朧としている様子だ。ゆっくりと車に向かい歩いていると「あそこにいるぞ！」と叫ぶ声が聞こえた直後、「パーン、パーン」と銃声が二発鳴り響いた。俺は慌てて莉奈を肩に担ぎ走った。「あいつら…拳銃まで…持ってるって…おかしいと思わない？」そう言うと「ごめんなさい」と莉奈の顔は見えないが泣いている様子だった。正気を取り戻す莉奈に安堵するも連中との距離は縮まる一方だ。逃げ切るのは無理だと判断し、一旦雑木林に逃げ込んだ。「ここで待ってて」と莉奈に伝え、その場から連中の人数を数えた。拳銃を持つ論南と日本刀やナイフ、鉄パイプの武器を持つ法衣姿の男が八人確認出来た。「この辺にいるはずだ。探し出せ。絶対に逃すなよ！」と叫ぶ論南に俺は飛びかかった。論南は慌ててピストルの引金を引く「パンッ！」と銃声が響いた。他の坊主たちの視線で銃弾が大きく逸れたことがわかった。その隙を狙ってピストルを奪い取る。「おい変態、ちゃんと狙ってんのか」と言った瞬間、日本刀を持った坊主が俺を斬りかかる。そいつをギリギリでかわすが刃先が右上腕を掠めた。痛みは無いが皮膚が裂け血液が流れる感覚があった。「お前ら、全員武器を捨てろ、コイツの脳天撃ち抜くぞ！」と論南の額にピストルを突きつけた。「やってみろよ。お前にそんな根性あるのかよ」と論南は食い下がる。「お前らが追いかけてきたこと後悔させてやるよ」

「パーン！」俺はビビらせようと地面に向けピストルを発砲、「あぁーーーあ！」と何故か急にのたうち回る論南に目をやると銃弾は論何の膝あたりを撃ち抜いていた。「ヤバっ！」と思ったが「大丈夫か？」と訊くのも違う。テンパる俺を余所に「殺せーー！」と論南は叫ぶ。その子供が癇癪を起こしたような姿に苛立ちを感じた。「これが断末魔ってやつか？」と立ち尽くす坊主に問いかけた。「さて、次はお前たちの番だ」と言って右腕の傷口を触ると手のひらに大量の血液がべっとりまとわり付いた。その手のひらを坊主に見せつけ、拳銃を突き付けた。じわじわと後退する坊主は「見逃してくれよ」と泣きっ面を見せる。俺もじわじわと詰め寄り大きく目を見開きピストルをガタガタと震わせ「バンッ！」と叫ぶと坊主は尻餅をつき這いずりながら逃げ出した。それを見ていた他の坊主たちも、後を追うように一斉に逃げ去って行く。俺は月に向かってピストルを一発放った。

「早くうせろ！」

莉奈の元へ戻ると、彼女は深い眠りに落ちていた。きっと得体の知れない薬のせいで限界状態なのだろう。

眠ったままの彼女を抱き上げた時、初めて右腕に痛みを感じた。それでもなんとか莉奈を助手席へと乗せ車を走らせた。しばらくすると莉奈は小さな寝息をたて出す。その姿にピンと張り詰めた糸が少し緩まった安堵感を覚えた。

　そのまま夜間救急の病院へと駆け込み、医者に事情を説明すると、今夜は入院が必要だと言われた。その後、俺の腕も縫合の処置まで済ましてもらったが傷は大したこともなく、莉奈が目を覚ますまでは病室で待っていようと思っていた。

　しかし「片瀬君…」と呼ぶ明るい光の中、自分が眠っていたことに気が付く。慌てて「篠田さん、具合はどう?」と訊くと莉奈は急に泣き出した。彼女をそっと抱きしめたが、莉奈はさらに大きく肩を震わせ「ごめんね…」と繰り返した。

　そして少しずつ、この五日間の出来事を話し始める。その内容は一日のほとんどを瞑想に費やし、心身共に限界を迎えた五日目の朝に、栄養剤だと説明された液体を飲んでから幻覚を見たという内容だった。

　そして昨夜、起こったことを必死に堪えながら伝えようとする言葉を遮るように「もういいから」と莉奈を抱きしめた。

　莉奈は検査の為に数日間の入院が必要となった。そして体内から薬物の反応が出ると警察も動き出した。俺も警察から訊かれたことには全て正直に答え、一日でも早く興神会の犯罪行為が暴かれることを願っていた。

　そして莉奈の体調が良くなり退院が決まったことを機に、自身の募る気持ちを彼女に打ち明ける決心をした。

莉奈のレッスンも再開し、いつものように一緒に食事へ行った帰り道、彼女は夜空を眺めながら「もう夜は冬だねぇ、星が綺麗だもん」と言った。その横顔が妙に色っぽく思わず息を呑んだ。「篠田さん…」俺はもう我慢できなかった。ここでキスしたい。「どうしたの？」と、莉奈は俺の顔を見た。「俺、篠田さんのこと、初めて見た時からずっと気になってて、一目惚れって言うか…篠田さん。俺と付き合ってくれませんか？　できれば結婚を…前提に…」と言った矢先、「えっ？」と莉奈は素っ頓狂な顔で俺を見た。「いや、ちょっと結婚は重過ぎました…」そう言うと「ん？」と眉間に皺を寄せる莉奈に「えっ？」と俺は訊き返した。

「無い、無い、無い、絶対無い、付き合うとか有り得ないわ。マジごめん…」

奈落の底

「ピーンポーン」

「…」

「ピーンポーン、ピーンポーン」

「……」

「ピーンポーン、ピーンポーン、ピーンポーン」

俺は右目だけを開け、スマホの画面を見た。

「まだ七時じゃねえかよ。誰だよ、こんな朝っぱらから…」莉奈にこっぴどく振られてから二日酔いの朝を迎える日が増えていた。辟易としながらベッドから出る。朝勃ちしたチンコをパンツのゴムで抑え込み玄関を開けた。

「片瀬健一、興神会教祖殺しの罪で逮捕する」

それは突然だった。早朝に数名の警察官がやって来た。そのまま淀川警察署に連行され取調べが始まった。

「殺すつもりなんてなかったんです」そんな言葉を幾度も繰り返した。莉奈を連れ出す為に喚く慶果の首を捻った。その時、奴は即死だったらしい。「ブチ殺してやる！」そんなことを口走ったのはヤバかった。殺意があったと誤解を招いた。しかも誤って論南の膝を撃ち抜いてしまった。ヤツはまだ入院しているという。しかし相手は武器を持った八人の男、ああでもしなければ俺も莉奈も今頃どうなっていたかは分からない。俺は勾留され十日間取調べを受け続けた。そのあと拘置所へ移り一旦保釈が認められ裁判が始まった。

それから半年、裁判の結果は殺人罪で起訴された俺の正当防衛は認められなかった。判決での懲役十五年の求刑に対し、裁判所は過剰防衛の成立を認め、実刑五年六ヶ月の判決が確定した。

勤め先の淀川信用金庫から懲戒解雇処分を受け俺は全てを失った。

三十一歳の春、収監されることとなった。護送車のカーテンの隙間から外の景色を眺めていると走馬燈のように莉奈の記憶が甦る。何が「私、魔女になるのが夢なの」だ。そんな可愛いもんじゃねぇよ。鬼だよ、鬼。雌の鬼。それにしても女って生きもんは恐ろしい。あの状況であっさり振れたもんだ。「少し考えさせて」ぐらいの配慮できねぇもんか。俺、命救ったんだよ。なのに残ったのは殺人犯の肩書きだけだ。まさに善人ですら悪人に変えてしまうほどの悪い運の巡り合わせってやつだ。こんなことあっていいのかよ。もうやってらんねぇよ。あの世ってとこがあるなら、今すぐにでもそっちに行きてえよ。舌噛み切ってここで結着つけてやろうか…。

刑務所に到着してすぐに身体検査で全裸にさせられケツの穴まで調べ上げられた。番号を与えられると矢継ぎ早に生活規則の教育を受けさせられ、感傷に浸る間もなく午後五時を迎えた。

それから生活をする舎房へと連れて行かれると、中には三人の男の姿があった。取り敢えず社会人のマナーとして挨拶ぐらいはしておくべきだと考える。「これからこの部屋で生活することとなりました。片瀬です。よろしくお願いしまーす」

連中は俺の方をチラッと見た。「……」なんだ無視かよ。感じ悪い連中だなぁ。とはいえマナーある社会人がこんな所に居るわけもない。

しばらくすると部屋に晩飯が運ばれて来た。「おっ、カレーだ」その食欲の湧く匂いに緊張感もほぐれ腹が鳴る。シャバシャバの黄色いカレーを一瞬で平らげ、下膳を済ませると午後九時の消灯までは自由時間だった。俺は〈明日のジョー〉の少年院のワンシーンを思い出す。マンモス西のパラシュート部隊、コイツら三人でかかって来ても負ける気はしない。いつでもやってやる…。

しかし俺の殺気など気にもせず、一人の男は絵を描き、もう一人の若者は床に寝そべると直ぐにイビキをかき出した。すると「おい翔太」と、もう一人の男が翔太を起こした。ボスらしき男は眉目秀麗な顔立ち、大柄で威圧感のある佇まいをしている。絵描きの男も何かあったのかという様子で翔太を見た。「新人さんが来たんだ。挨拶ぐらいしてやろうぜ。これから同じ釜の飯食う仲間だ」男の挨拶という言葉に緊張感が走る。パラシュート部隊か…。

「そうですね」と翔太はおざなりな返事をしながら身体を起こし、胡座で壁にもたれた。

「それじゃ挨拶は若いもん順だ」と男の言葉に「えーっ鍵さん、そういうのって新人さんからじゃないんですか?」翔太は僻んだ表情を浮かべる。そして男が鍵さんと呼ばれていることがわかった。「この男が何やらかしてここへ来たか、お楽しみは最後に取っておこうぜ。どうせ退屈な牢屋だ」と鍵さんの提案に翔太は諦めた様子で「わかりましたよ」と壁から背中を離して喋り始めた。「名前は水嶋翔太。歳は二十八。岡山の真庭って田舎で生まれて地元の暴走族に入って、それから先輩に誘われてヤクザのパシリみたいな仕事ずっとやらされて、何度も捕まってたんだけど、最後は姫路で宝石強盗やらされて現行犯逮捕。そんなとこです」と翔太は冴えない出自を平然と言って退けた。「よし、次は柳の番だ」と鍵さんの言葉に「俺は柳純太、三十五歳。窃盗で懲役八年。以上」と柳は面倒臭そうに早口で言った。窃盗で八年って長くないか。そんなことを考えていると「何、窃盗なんて格好付けてんだよ。パンツ盗んで、それから…」と鍵さんが柳の過去を話すと、「あー、はい、はい、わかりましたよ…、誰でも話したくない過去ぐらいあるでしょうに…」と柳は鍵さんの話に割って入った。「下着盗むのが趣味で、ある日パンツ探してたら女が帰って来て大声で喚くからナイフ突き付けて強姦しながら動画撮って、『警察行ったらこの動画拡散させるからな』って脅したら成功したんで強姦続けてたら、運悪く、めっちゃ強い女にボコられて警察呼ばれたって感じですわ」柳は下劣な過去を赤裸々に語った。運が悪いのはお前に出会った女たちだろう。「誰だっけ、その強かった女」と鍵さんは更に話を掘り下げると「ユンボ松本って女子プロレスラーっす」

「その名前、何回聞いても笑えるわ」と鍵さんは顔を綻ばせた。「ヨシ、次は俺の番か」

と手のひらを「パンッ！」と叩き気合を入れ話し始めた。「俺の名前は鍵田貴一、歳は四十五。俺も窃盗でここに来た。若い頃に役者志望で上京したんだけど飯食えなくて、何でもいいから仕事探してたらバイト募集の張り紙見つけてな。その店は駅の地下街で合鍵作ったり靴の踵を修理する小さな店だったんだよ。働いて三年ぐらい経過した頃、店主は俺に言ってきた。『金稼ぎしないか』ってな。まさに悪魔の囁きってやつだ。役者の仕事はほとんど入ってこない。俺は自暴自棄でとにかく金が欲しかった。真面目に働く俺を見て店主が正体を打ち明けてな。そこの店主、実は泥棒だったんだよ。バイト募集も相棒探しだったらしい。店主は天才でインキーした車から昔の金庫まで開けれない鍵は無いんだ。昼は合鍵屋、夜は泥棒。俺が泥棒の仕事手伝うようになって一気に金が貯まると店主はスパッと足洗って、俺の前から姿を消した。その頃にはもう役者の夢を追いかける権利なんて消滅し、ただの犯罪者に成り下がっていた。俺は帰阪して泥棒だけを続けてたんだ。そしたら急に増え始めた防犯カメラのせいで身元がバレて現行犯逮捕。初犯ってことで執行猶予は付いたんだけど、捕まったことが悔しくて、すぐに盗みを再開させたらまた逮捕されてここに辿り着いたって訳だ。ここを出たら丹波篠山の実家に帰って親父の米作り手伝うつもりだ。山田錦って酒米なんだけどな…」

鍵田の長い話が終わった。親の話になると少し哀しげな表情をしていた。

鍵田と俺の人生には共通点がある。彼も店主に出会っていなければ今頃は別の人生を生きていただろう。俺も莉奈に出会わなければ、この場には居なかったはずだ。数奇な巡り合わせが人生を狂わせた。

「それじゃ、次は新人さんの番だよ」と鍵田の言葉に何を話せばいいのか、思いを巡らせるが何も思いつかず、考え無しに話した。「は、はい。片瀬健一、三十一歳。ここに来るまで信用金庫の渉外課で働いていました。えっと…、大学時代は柔道部でキャプテンをやってました。その頃は焼鳥屋でアルバイトしていて、そこではケンちゃんって呼ばれてて、確か…、バイト先のヨッちゃんと付き合うようになってから…」

「おい、ケンちゃん。ヨッちゃんの話なんてどうでもいいから、何してここに来たか教えてくれよ」と鍵田の呆れた表情を見て「あー、殺人です」そう言うと全員が目を丸くして俺の顔を見た。「怖い、怖い、怖い、殺人犯と同じ部屋なるの初めてだわ」と鍵田の言葉に、少し話を盛ってビビらせてやろうと思いつく。「付き合ってた女がヨガのインストラクターでいい女だったんですよ。そいつが変な新興宗教に騙されたんで教団に乗り込んで片っ端から坊主ぶちのめしてやって、そしたらそこの教祖を殺していたみたいで、いきなり早朝に警察が来て。『教祖殺しで逮捕する』ってそんなことってあります?」話し終わると皆が一目を置いている感じはしたが、何故か莉奈の話しか盛っていなかったことに気が付く。それからも根掘り葉掘りと殺した時の話をしつこく訊き続ける連中に、俺は相手の首を端折り、奪ったピストルで膝を撃ち抜いた時の話を聞かせてやった。

こうして刑務所での規則正しい生活が始まった。俺たちは毎日顔を突き合わせ生活している。昼間の刑務作業中は自然な会話も生まれるが、夕食後の自由時間は大した会話も無かった。それは一日の最後を落ち着いた雰囲気で過ごしたい。そんな思いがあるのだろう。皆が言葉少なに消灯までの時間を過ごす。翔太は瞑想するかのように目を閉じる。柳は絵を描くことが好きなようだ。鍵田はいつも本を読んでいる。気が付けば俺も好んで本を読むようになっていた。

刑務所の図書館にはバイオレンス、悩殺的。そんな表現のできる物は無く、更生を意図とした本が多い。ここへ来て初めて読んだ〈銀河鉄道の夜〉は舎房の静かな夜に想像が膨らんだ。消灯後、眠りに就いてから夢の中で続きのオリジナルストーリーが始まる。翌朝、人頭が混乱する感覚は至極滑稽だった。読み終えるとカンパネルラの存在に畏怖を感じ、人間の死生観とは何か。と、誰もが一度は考える漠然とした疑問が湧き上がる。それから追いかけるように何冊もの宗教書を読みあさった。ユダヤ人が発明した一神教の概念。イスラム教もキリスト教もユダヤ教も同じ神を信じているのに戦争が無くならない理由。それがホロコーストへと繋がっていった。

釈迦の仏教だけが異質で神の超越性を認めていない。奇跡も起きなければ、人は老いて病んで必ず死ぬ。だから諦めろと釈迦は言う。なんとも説得力のある言い分だ。

ここへ来て一年が過ぎた。俺は連中とも笑って話せる仲になっていた。おおやけではケンちゃん、片瀬さんと呼ばれているが、陰では殺人鬼と呼ばれていることも知っている。

「よし、翔太。思い切り投げろ、受けてやるよ」

「オッケーっす」

　快晴の空の下、昼休憩に鍵田と翔太がキャッチボールをしている、俺はその光景をのんびりと眺め、日光浴を楽しんでいた。翔太は鍵田のミット目掛け、癖のあるフォームでボールを投げる。「バシッ！」という音を立て、ボールはミットに吸い込まれる。「ナイスボール！」と鍵田は立ち上がりながら返球をした。「鍵さん。次、カーブ行きますね」「あいよー」と鍵田はミットを構え、翔太はセットポジションから指に挟んだボールを投げた。しかしそのボールはすっぽ抜け、山なりの軌道を描く。俺の目はそのボールの行方を追っている。そしてボールはたまたま通りがかった男の背中に直撃した。「痛えっ！」と振り返ったのは何度もトラブルを起こしている栗城という男だ。面倒臭いことにならなければ良いのだが…。俺はその状況を注視していた。案の定、「このボール当てたのテメェか？」と栗城はガラの良くない顔で詰め寄った。翔太は平謝りに謝っている。慌てて鍵田が駆けつけ「申し訳ない、俺からも謝る。この通りだ」と頭を下げるが栗城の怒りの矛先は鍵田へと向けられた。「なんだよ、おっさん。ぶっ殺すぞ！」面倒臭い奴だなと感じながら俺は仲裁へと向かう。「謝ってるんだから許してやれよ。怪我もしてないんだからいいだろう」俺が言うと、栗城は般若面のような顔で俺に詰め寄る。「やんのコラァ！」「やってやるよ、かかってこいよ。ロンパリ」その言葉に栗城は苦虫を潰したような顔で俺に殴りかかる。その素人丸出しのパンチをスレスレで躱す。バランスを崩した隙に地獄突きを一発。もがく隙も与えず、必殺の一本背負いで地面に叩きつける。「さっきまでの勢いはどうした！」そう言った瞬間「ピーピピーッ」と笛を吹き警棒を振り上げた刑務官たちが集まると、俺と栗城はその場で取り押さえられた。

その後、すぐに取調べが始まり懲罰審査会が開かれ処分が下された。先に手を出したのは栗城だが俺にも原因があるとして、俺は十五日間の独居房行きが言い渡された。

そこで刑務官から指示が出された。「ここでは何もしてはならない」その言葉を直感的にヤバいと感じた「寝転んでいいですか」と直ぐに訊き返すが「正座か胡座のどちらかだ」その感情の無い重たい口調に察しがついた。抗わず一日でも早くここから出るべきであると。

そして一切の自由を奪われた。俺に許されるのは脳内での活動だけだ。想像、妄想、計算、企て、思案。そんなところか。まずは知っている全ての動物を頭の中に並べてみる。十五分は考えていただろうか、ベンガル虎、スマトラ虎、アムール虎、ヒョウ、ライオン、レオポン…。この辺りで嫌気がさした。次に数字を数えるが一万を越えたのは流石に初めてだった。眠気に襲われるのが辛い。物語も歌も俳句も作った。数日で全てやり尽くすと考えることが無くなった。ここは地獄だ。進まない時間に心が疲弊する。

そんな時だった。以前に京都で体験した座禅を思い出す。「姿勢、呼吸、心を整えることが座禅の基本です」そんな言葉を思い出しながら、半跏趺坐、法界定印を作る。半眼下方四十五度を見つめ無となる。呼吸をしていると有り余る時間の中で俺を支配していたものが無くなり、次第には己という存在すらも居なくなった…。ま、まさか、これが無我の境地ということなのか。俺は一種のトランス状態に陥り、残された日々を法悦に浸り過ごした。

そして俺は遂に目覚めた人となって独居房から解放された。「片瀬さん…」と早速、翔太が手を合わせてやって来た。俺は合掌をした。「すいませんでした」と、ただ謝る彼の姿に一瞬で我に返った。

「ケンちゃん。迷惑かけたね」

「鍵さんも気にしないでいいすよ」

「ケンちゃん、ほんとに喧嘩強いんだね」

「顔で威嚇するヤツって大概弱いんですよね」

「借り作っちゃたね。俺に出来ることあったらなんでも言ってくれよ」

「借りとか言わないでくださいよ」

栗城を一撃で倒した俺の殺人鬼というあだ名は刑務所中に知れ渡ることとなった。

こうしたトラブルも起こったが、五年六ヶ月という歳月は足早に過ぎ去っていった。

そして俺は釈放の日を迎えた…。

風来自開門

ようやく刑期を終え、心待ちにしていた出所日を迎えたというのに最悪の天気だ。桜が咲いているというのに虁って言葉を付けたくなるくらいに寒い。こんなハレの日に大雨とはどこまでも俺らしい。

天気が良ければ公園にでも立ち寄り、桜を見ながら漏れ日の下で酒でも飲んで「さぁ、新しい人生だ」って台詞の一つでも吐いていたかもしれないが、なにせこの大雨だ。今すぐにアーケード街か地下街にでも潜り込みたい気分だ。

刑務所前からバスに乗り加古川駅に到着するも閑散とした陰鬱なアーケード街を前にここは無いと、切符を買い新快速電車に乗った。大阪駅で降車し、しばらく街を散策するもさほど記憶との乖離はない。五年ぶりの友人に会って「よっ、久しぶり」と一言言った後に何の違和感も無く会話が弾むといった感じか。

久々の歓楽街に妄想が渋滞していた。軽く一杯引っ掛けてから風俗行脚と洒落込むか…。そんなことばかり考えながら東通り商店街を抜け、寿司屋に入った。「へい、いらっしゃい！」と活気ある板前の声に「生ビール下さい」と迷わず返す。「あいよっ」と差し出された生ビールに手を伸ばす。口を開いた瞬間、鼻に抜ける懐かしい匂い。こんなに苦いものだったのかと思わずグラスを見つめる。それからすぐに胃腑に温かさを感じると、久々のアルコールに顔が火照る。そこには求めていた高揚感があった。そして熱燗と、きずしを口にして寿司を数カン食べると欲求は満たされた。もっと食べて遊び回りたかったが胃腑も心も縮みきっているのだろう。間もなく店を後にして、この日はビジネスホテルに部屋を取り眠りについた。

翌日。午前十一時にホテルを出た。昨日とは打って変わり晴天の空だ。とはいえ何もやる気が起こらない。立食いで蕎麦を啜り腹が満たされると俄然やる気が減退した。昨日の天気なんて何の関係も無かったことに気が付く。とはいえこれからの生活のことを考えなければならない。殺人罪で職場を懲戒免職となった俺には退職金も支払われない。あるのは口座に貯めていた僅かな貯金と刑務所で受け取った作業報奨金の二十万円強の金だけだ。

午後一時過ぎ、取り敢えず職業安定所へと足を運ぶ。希望は生産管理、保険関係、金融で働いていたスキルが活かせる職場が好ましい。そして年収六百万円以上。これが条件だ。自身を安売りするつもりなど毛頭無い。

職安に到着。受付の手続きを済ませ就職相談担当者と話してみたが刑務所上がりの兇状持ちを雇い入れる企業など存在しないのが現実だった。担当者が提案してきたのは警備員、土木作業員、清掃スタッフと、どれも受け入れ難いものばかりだ。僻み根性なのか、それとも三十七歳という年齢が俺の謙虚さや誠実さを根絶やしにしてしまったのだろうか、俺は身勝手な言い訳ばかりを口にしていた…。

職安を後にした。釈然としない気持ちのまま環状線に乗り込んだ。行き先も決まらず車窓から景色を眺め続け、電車は大阪駅に二回目の到着。そのまま三周目へと突入してゆく。

「こうなったら一旦ふりきってやろうか…」心でそう呟いた。

俺は新今宮駅で降りた。三角公園へと向かうことを思い付く。いきなり目に飛び込んできた、覚醒剤を居酒屋で売るな！　と壁に書かれた大きな文字。居酒屋で覚醒剤を買えることを周知しているのか。噂には聞いていたがパンチのある街だ。しばらく歩くと三角公園が見えてきた。平日の午後というのにやたらと人が多い。昨日の雨で散った桜の花びらがアスファルトをピンク色に染めている。公園をぐるりと一周してベンチに腰を下ろす。

公園に備え付けられたコンクリート製のテーブルで土鍋を囲む四人のホームレス。

一升壜とワンカップの空き壜をコップ代わりに使い、得体の知れない肉を食い、酒を呷っている。皆、歯が無いのだろう、笑う口元が肛門みたいだ。あの口では「ハハハ…」とは笑えず、「ほほほほ…」と笑い昼から宴を愉しむその姿は公家を彷彿とさせる。

俺はこの公園にいる人間の姿を観察し、想いに耽っていた。マジでホームレスになってやろうか…。そんなヤケクソの閃きが現実味を帯びてくる。

この世には金を搾取する者と、搾取される者の二種類しかいない。政治家なんてヤツらは先祖代々、金を巻き上げる為に生まれてきた奴らだ。最下層低賃金労働者に成り下がった俺の脳ミソに夢や希望なんて理想染みたモンが繁殖し出すと厄介だ。貧しいから欲しくなる。そして他人を妬む。最下層から這い上がる為に、昼も夜も寝ないで必死に稼いだ金で買った物に意味など無い。税金という上澄みを掠め取る思惑に嵌め込まれたこととなる。

労働者は経済を回す為の歯車だ。歯車と言っても俺は人間だ。踏み車を押す奴隷ではない。僅かな金の為にやりたくもない仕事を強いられるくらいなら、いっそ無収入でいいのではないのか。目の前のホームレスたちは昼間から酒を呷り、笑い、人生を謳歌させているではないか…。

　ぼっーと、そんなことを考えていると何処からともなく牛乳を拭いた雑巾のような饐えた臭いが鼻を突く。何かと思い咄嗟に臭いの元を探すと、真横に座るホームレスの男と目が合った。いつの間に…。

「兄ちゃん、昼間っからこんな所で何しとるんや?」と声をかけてきた男は小柄で鼻にかかった高い声、緑色の服こそ着てないがそこはかとなくレプラコーンを連想させる佇まいをしていた。

「いや、別に何もしてないですよ」

「仕事は?」

「無職です」

「若いのにええ根性しとるやないか」

「ええ根性…」

「ヨシ、新入り気に入った。美味いもん食わせたろか?」男のいきなりの提案たじろぐ。

「美味いもんってなんですか?」

「食うんか?　食わんのんかい!」

「食べます…」と、答えた理由は食べたくはないが興味はある、暇潰しにはなるか、と、その程度のことだ。

「よっしゃ」と言って男は立ち上がる。着ているツイードのコートのポケットから両手いっぱいの食パンの耳を取り出すと空に向かってばら撒いた。すると公園の並木から無数の鳩が男の元に集まってきた。もう一度パンの耳をばら撒くと鳩に埋もれ男の姿は見えなくなった。俺は慌てて後退り状態となる。餌が無くなると鳩は男の元から飛び去って行った。男は額と耳から結構な量の血を流しながら奥歯を食いしばり両手に一羽ずつ鳩を捕まえていた。怪我をしていることに「大丈夫ですか?」と訊ねたが「何がやねん」と一言いって歩き出した。

男は公衆便所外側の蛇口が並んだ水道へ行くと、ポケットからナイフを取り出し鳩の首を刎ねた。男の顔は返り血に染まる。蛇口を捻り顔に付いた血を洗い流し、しばらく流水に鳩を放置していると真っ赤な血はピンク色へと変化した。「鳩の身に血が回ると味が落ちるんや」と、まさかのマタギのような一言。

男は鳩の肛門からナイフを突き刺すと腹を開き慣れた手付きで内臓を取り出した。

「あっ、卵や!」男の顔が綻んだ。卵に「コンコン」とひびをいれると口を開き上を向く。卵の中身を口に落とし込むと「ゴクッ」と喉仏が上下に動いた。「バリバリバリ」と殻を踏みつけ地面を蹴ると砂埃と共に卵の殻は風に舞って消えた。

「ここからは兄ちゃんも手伝えよ」そう言うと、裏返しにしたビールケースを椅子代わりに使い、鳩の毛をむしり始めた。

「こんなんほんまに食べれるんですか?」

「阿呆、焼いたらなんでも食えるんや!」

「……」

「よし、こんなもんでええやろう」男はそう言うと、ドラム缶の焚き火の元へと移動した。

拾ったビニール傘を解体すると、傘の骨に鳩の身を串刺しにし、残りの毛を焼き落とした。

そしてポケットから取り出した液体を鳩に擦り込むと鼠色の不潔な指先から溶かした絵の具のような色が広がった。

「その液体は何ですか?」そう訊くと「ただのサラダ油《ゆ》や。ごちゃごちゃうるさいのぉ」

そう言って男はまたポケットから赤い蓋の小壜に入った塩と胡椒を取り出し鳩にふりかけた。ドラム缶の上に串刺しの鳩を置いた。それは丁度、鰻を焼く要領と同じシステムだ。

「兄ちゃん、小銭持ってないか?」男の突然の質問に「えっ?」と訊き返す。「ちょっと喉かわいいのぉ」

「はぁ…」

「ここまでさせたら礼の一つでもするんが世の常識いうもんやろう。焼き鳩にはビールやろがい」

「あっ、すいません。そこのコンビニで買ってきます」

「皆まで言わせるなよぉ…」

俺は走ってコンビニへと向かった。「焼き鳩って…」

俺は男の元へ戻り発泡酒を手渡した。「兄ちゃん、わかってるやんけ。ロング缶やんけ」男は顔を綻ばせ発泡酒を勢いよく飲むと「ゲボッ」っと糞袋から毒ガスの様な息を撒き散らし、その悪臭に俺は立ち眩みを催した。

「こんな遠火で焼けるんですか」

「そんな生き急いでどないするんな。人生は死ぬまでの暇潰しや。それやったら嫌な仕事なんかする必要もない。こうして今を楽しむ。それが人生や」男の言葉が胸に突き刺さった。それから一時間程経過すると「よし、そろそろええやろ」と男は言って仕上げの塩胡椒をふりかけた。「食ってええど」と焼き鳩を受け取るが気持ち悪くて食べる気がしない。そんな俺を余所に男は鳩を貪り食っている。「どないしてん。遠慮せんと食えよ」男の言葉に勇気をふり絞り鳩にかぶり付いた。走馬灯の様に男が鳩を調理する映像が脳裏を駆け抜ける。首を刎ねた時の鳩の目、鼠色の汚い指先…。

「美味い！　めちゃくちゃ美味いですよ！」それは野生感のある弾力のある身、溶け出した脂に塩が溶け絶妙な味を醸し出していた。いつか食った香川の骨付き鶏を思い出していた。

「そうやろうこれはポルトガル料理や」

「師匠！　もう一本買ってきますわ。何がいいですか」

「す、すまんのぉ。ほなワンカップ頼むわ」

俺は男のことを師匠と呼んだ。酒を買い再び戻り、絶品の鳩で酒を楽しんでいると、酔いが回った師匠が饒舌に語り始めた。

「ワシな若い頃は手広うに商売してたんやで。中古車販売、鶏肉の卸売、布団のセールス。ガキの頃から貧乏やったから死に物狂いで働いて金貯めてな。大きい家建てたったんや。ほんならいきなり税務署の連中が会社に乗り込んで来て、訳のわからんことをほざいて、口座も家も差し押さえよってなぁ。ほんだら家族も離散や。連中は俺の全てを奪ったんや」

「何歳ぐらいの時の話ですか？」

「三十前や」

「脱税してたんですか？」

「そんなもんするかいな。そりゃ潔白ではなかったよ、節税ぐらいは当たり前の話や、グレーなとこもあったけど納税はしてたんや。アイツらは白いもんでも『黒や』言うたら黒にできるんや。それが〈お上〉いうもんやとわかったわ。俺はもうこの国で絶対に働かんと心に誓ったんや。働かんことがワシのプライドなんや…」師匠は悲しい目で恨み節を吐いていた。鳩を食い終えると骨をドラム缶に投げ捨て「ほな、ワシそろそろ行くわ」と自転車を押し夜の帳に包まれた街へと消えて行った。

人生一筋縄ではいかない。『働かないことがプライド』そのハンガーストライキのような反骨精神剥き出しの人生なんて最高にイケてるよ。憧れてしまうくらいだ。思いに耽って酒を呷り続けていると夜がやって来た。月がはっきりとした輪郭を現し、急に風が吹き始め一気に気温が下がった。俺はウィンドブレーカーのフードをかぶり紐をぎゅっと絞る。ベンチに寝そべり星を空を眺めた。「しばらくはアウトドアライフと洒落込むかぁ…」

俺は新しい人生の初夜を三角公園で迎えたのだった。

知らぬが仏

記録的な猛暑に連日の熱帯夜。朝、蝉の大合唱で目が覚める。日が昇り気温が上がると蝉は急に鳴き止む。昔ってこんなだったか…。

ここに辿り着き三ヶ月が過ぎ、俺は立派な修行僧と化していた。ホームレスと僧侶は共通点が多い。乞食《こじき》の語源は仏教用語らしい。托鉢の意味が乞食《こつじき》だと刑務所で読んだ本に書かれていた。この公園では炊き出しや配給が多い。それが正に托鉢だ。決して溜め込むことはせず、その日必要最低限の食糧を乞うのだが常に空腹状態だ。そして茹だる暑さの中で進まない時間を必死に耐え凌ぐ。決してホームレスも楽では無い…。

そんなことに気が付いた頃だった。

「おい！　新入り、久しぶりやんけ！」と声をかけてきたのは、自転車に潰したアルミ缶を山ほど積んだ師匠だった。

「あっ、師匠。何してるんですか？」

「なにて、見たらわかるやろう。仕事してるんやないか。人間は労働に励むのが一番。この缶売ったら三百円ぐらい貰えるねん。労働の後のビールは格別や！　お前も若いねんからサボっとらんと仕事せえよ」

「……」俺は二の句が継げなかった。あの話は何だったんだ。「働かないことが俺のプライドや」って、師匠…。

それにしてもここらのホームレスたちは何処に行ってしまったんだ。酷暑の公園のベンチで項垂れているのは俺だけだ。

「いったい俺は何をしているんだ…」

師匠の一言でようやく目を覚ますことができた。

それから俺は久しぶりの銭湯へ行き、ぼうず五百円と書かれた床屋で丸刈りにした。そして最高の気分のまま職安へと向かう。今の気分ならどんな仕事でも引き受けれそうだ。

俺は職安の入り口で人材募集のチラシを受け取った。そこには〈清組、土工募集、宿舎有り、三食付き、日当一万円〉と書かれている。中々の好条件だ。この町で一月二十五万もあれば貯金もできる。しばらく我慢して金を貯めてこの町から出よう。それに相談窓口の担当者と一から遣り取りすることも煩わしい、これも何かの縁だろうと清組へと向かった。事務所を訪ね、履歴書も持たずチラシを手に「これ見たんですけど」そう言うと年齢を訊かれ「三十七歳です」と答えただけで採用が決まった。そしてこの日から宿舎での寝泊まりが許された。

宿舎に到着して諸々の説明を受けた。期待はしていなかったが想像を遥かに超える劣悪な環境だ。空き地に建てられた大型のプレハブ内部に間仕切りがあり、三畳のスペースを部屋として与えられた。外に数台設置された仮説の共同便所は糞がびっしりとこびり付き、出かかった糞も引っ込むくらい悍しい便所だ。五、六人がやっと入れるぐらいの風呂場の湯船も追い焚きで垢や陰毛だらけ、食堂もプレハブ内にあり、飯と言っても冷めたおかずと具の無い味噌汁程度だ。ここは行き場の無い奴らの溜まり場、飯場と呼ばれる場所だ。

翌朝。五時起床だった。土工の朝は早い。適当に用意を済ませ、不味い朝食を食わされた後、定員オーバーのハイエースに詰め込まれた。何の説明も無いまま出発すると距離も効率も関係なく各現場ごとに人が降ろされる。やたら朝が早い理由が理解できた。

「吉村、柴田、片瀬はここで降りろ」初仕事は平屋建ての民家のようだ。

「この家にある物を全部ダンプに積むのが今日の仕事や」と職長の吉村が言う。建屋解体前に家の中を空にするということらしい。ベテランの吉村は事前にこの日の作業内容と作業手順を知らされている。ど素人の俺と柴田を使ってこの現場を捌くようだ。

吉村が預かった鍵で玄関を開けると、中は雨戸まで閉ざされ、真っ暗だ。吉村を先頭に玄関から上がり框を上がって廊下に差しかかった時、独りでに扉が閉まると目の前は闇と化した。最後に入った柴田が慌ててドアノブを探すがドアは開かない。暗闇の中で立って居るだけでも難しい感覚に襲われる。一瞬でそれが強烈な異臭のせいだと気が付いた。酸素濃度が低下しているせいだろう。頭がぼんやりとし、目眩を起こしている。「ヤバい…」と、感じた時だった。吉村は上腕で鼻を覆い、ライターの炎を元に家の中へ入って行き窓を開け雨戸を蹴り落とした。そこから光が差し込むと次々と窓を開け、そしてこの家の全貌が明らかとなった。

俺が立っている場所はゴミ屋敷だった…。

夥しい生ゴミが床一面を覆い、それが強烈な悪臭を放っていたことに気が付いた瞬間、「オエッーー！」その場にゲロを吐いてしまった。「お前、外で吐けよ」と吉村は嘆く。

それから空気を入れ換える為に外に出た。「この後、ダンプが来るまでお前らは奥の部屋のベッドから順に大きい物を外に運び出して行ってくれ」と吉村は仕事の説明をしてくるが、俺は気分が悪くそれどころではなかった。

十五分ほどしてから再び家の中へと入った。換気をしたとはいえ悪臭が消えることは無く、それは十辛の激辛カレーが八辛の激辛カレーに変わった程度の差だ。「吉村さん、この臭い平気なんですか？」と訊ねると「平気では無い。けどうんこ場はもっと臭い」そう言うと、吉村は作業に取り掛かった。俺と柴田もベッドを運ぶ。吉村はバールを使いバシバシと音を立て、仏壇をしばいていた。「吉村さん、仏壇なんか壊して大丈夫なんですか？」と訊ねると「魂抜きしてるから大丈夫や」そう言うと再び仏壇をしばいた。この男、根性の使い方間違えちゃいないか…、「あんた死体洗いでもやったらどうだ、手っ取り早く稼げるよ」と口から出そうになる。意外にハムスターのような小動物を飼っていて「ただいま、ピーちゃん」とか高い声で言ったりしてるタイプかも…。と、妄想が膨らむ。

「おい、ダンプが来たぞ」吉村の言葉に俺と柴田は外に貯めていた粗大ゴミをダンプに積み込んだ。その直後、二台目のダンプがやって来た。この二台のダンプをピストンで処分場へと往復させる。単純作業と言えば単純作業だが、吉村の存在は大きかった。俺と柴田では二日かかっても終わらないだろう。吉村の的確な指示で作業は午後三時過ぎに終了した。

迎えのハイエースを待っている時だった。「お前らこっちに背中を向けろ」と吉村が言う。俺も柴田も吉村の言葉の意味はわからないが取り敢えず背中を向けた。すると吉村は俺たちの背中に塩をかけた。「なんで？」と訊ねると「この家、死臭が充満してたやろう、最近ここで人が殺されたらしい…」

「……」お前は阿呆か。そんな情報、今更いらねぇよ。こういうのを知らぬが仏って言うんだよ。

それから飯場に戻り日当を受け取ったが、その金額に目を疑った。日当一万円と聞いていたものが、未経験者ということで三ヶ月間は日当が七千円だと言われた。しかしあの吉村が一万円なら、仕方ないと諦めかけたが、あの吉村の一万円が安過ぎるんだ。あいつなら三万でも安いくらいだ。さらに経費が天引きされる事実をこの時初めて知った。このボロい部屋と不味い食事も無料なら仕方ないかと思っていた。しかし食費三食分の千五百円と家賃の千五百円が天引きされ手渡されたのは僅か四千円だけだ。俺は部屋に戻り考える。一月に二十五日働いても十万円。日曜四回分の食費と家賃一万二千円が天引きされると、手元には八万六千円しか残らない。それにここの家賃が四万五千は高すぎる。この辺のなら家賃三万円も出せばそこそこの物件も見つけることが出来るはずだ。コンビニの夜勤のバイトでも時給は最低千三百円だ。一月、二十五万円は稼げる。これならコンビニのアルバイトの方がマシじゃないのか。そんなことを考えながら眠りについた。

翌日、午前五時。俺は飯場を逃げ出した。一日で見限ってやった。なんで殺人現場の後片付けを四千円でやらないといけないんだ。ムカついて眠れなかった。人の弱みにつけ込んだブラック企業だ。

この日俺は不動産屋へ行き、口座に残っている金で借りられる物件を探し回った。そして見つけた家賃三万円、即入居が出来る六畳のワンルームのパイナップルハイツに契約をした。ユニットバスまで付いて三万円。飯場に比べれば天国だ。

その部屋で経歴を誤魔化した履歴書を書き上げた。それから近所のコンビニを見て回ると、どの店にもスタッフ大募集や、急募！の張り紙があり、このバイトが売り手市場であることに気付く。慎重に時給や店の雰囲気を見て回った。そして時給が一番良いという訳では無いが、なんとなく店の雰囲気で店を選んだ。履歴書に書いた元信用金庫勤務が功を奏し、即採用してもらえることとなった。

俺はこの日からデイリーシマザキのアルバイト店員となった。

万引き

「あかん…」

「お父ちゃん、えらい深刻な顔してどないしたんよ」

「今月も十万超えとるわ…、万引き…」

「ハァ…」

「お母ちゃん、思い切って私服保安員雇うか」

「そんなもん雇うのに何十万も払ってたら何のことやわからへんやないの」

「ほんならちょっと仕入れ減らすか…」

「それは集客減るって本部の人が言うてたわよ、近所できたイレブンマートに客奪われてるからもっと品揃え増やしたいくらいやのに」

「万引きされるからいうて仕入れ減らしても客が減る。仕入れ増やしたとて客が増えるかはわからん。余ってしもたら廃棄にも金がかかる。困ったもんやのぉ…」

　俺は近くでオーナー夫婦の会話を聞いていた。

「オーナー、妙案がありますよ」

「ケンちゃん、妙案ってなんどいや」

「廃棄する弁当、俺が持って帰るっていうのはどうですか。俺の食費は浮く、処分費用は減らせる。一石二鳥。まさに妙案でしょう」

「それやったら半額でええから買ってくれへんか」

「それやったらイレブンマートで弁当買いますわ」

「冗談やんか。持って帰ってくれてかまわんけど、その辺のホームレスにやるなよ。あいつらゾンビみたいに群れてくるからな」

「そんなことしませんよ」

物は試しだ。言ってみてよかった。デイリーシマザキで働き始めてから二ヶ月が経過した。オーナー夫婦とは良好な関係性を築けている。何の予定も無い俺は夜勤を中心に早出、残業と四六時中働いてるがホームレス時代に感じた、することの無い辛さを思えば有難いことだ。今はこの仕事にやり甲斐を感じている。

季節は十月となり、過ごしやすい日が増えてきた。この日、俺は止まっていた時間を取り戻すべく手続きに奔走していた。まずは市役所で住所変更をし住民票を取った。その足で警察署へ出向き免許証の更新を済ませ、最後に給料振り込み、電気代等の引き落とし用の口座を開設しに銀行へも足を運んだ。ほんの僅か軌道に乗り始めた生活にうわずった気持ちを必死に抑え込もうとする自身が居る。不確かな未来への不安、期待は必ず俺を裏切る。

家に戻りまずは昼寝をする。これはバイト前の日課だ。目覚めるとバイト先から持って帰ってきた弁当で腹を満たした。午後九時四十五分に家を出発。涼しい風がそよそよと頬にあたり秋の訪れを感じる。三角公園を横目にあのままホームレスを続けていればどうなっていたのだろう。そんなことがふと頭を過る。

　デイリーシマザキの黄色の派手な看板が見えてきた。「さぁ今日も一日頑張るかぁ」と、当たり前の言葉を呟きながら両肩の筋を伸ばした。

　俺は入り口で立ち止まる。「バチッバチ」と破裂音を立てる虫除けの青いライトに目が止まる。こんな物あったか？　と、考えていると「おはようさん」とオーナーが現れ、俺は挨拶をして制服に着替えレジに入った。

「オーナー、あの虫除けのライト以前からありました？」

「電撃殺虫機のことかいな」

「あれ、そんな恐ろしい名前なんですか」

「そうやで」

「人間を集める為の照明に集まってきた虫たちを無差別に殺すなんて酷いシステムですよね」

「あんなもん言われるまで気にもしたこと無かったわ。虫も人間も明るい光には弱いんやなぁ…、そう考えたら夜の飛田に群がる男も同じやぁ」

「なんですか、その飛田って」

「またまた、惚けてからに」とオーナーはへの字口で訝しい目付きで俺を見る。

「この辺に住んでて知らんの？」

「はい…」

「あれはまさに電撃殺人場や、妖艶な灯りに群がる男どもを捕まえて骨の髄まで吸い尽くすんや！」

「ぼったくりバーのことですか」

「昔は鳶田いう地名で大正時代から戦前は日本最大級の遊廓があったんや。戦後は赤線に変わって、昭和三十三年の売春防止法で赤線廃止となってからも、料亭街という名のちょんの間として現存してるんや」

「オーナー歴史詳しいんですね」

「歴史なんか興味ないけど、洒落にならんくらい規模がデカい。日本一よ」

「へぇ、今度、覗いてみよ」

「そんなこと、言うてるけどケンちゃん独身やったか？」

「ええ、独身ですよ」

「なんでや。真面目でよう働くのに。あっ、ホモか？　それともゲイとか。違いわからんけど…」

「やめて下さいよ。そんなん違いますよ」

「もったいないなぁ、見合い相手紹介したろうか。酒屋のタケちゃんの娘も独身で婿探しとるんや。気立てもええし、ちょっとブスなぐらいすぐ慣れるやろう。この際どないだ」

「見合いなんて結構ですよ。そういうことは自然の成り行きに任せるのが一番です」俺は刑務所に入っていた過去を隠してこの町で暮らしている。見合いなんてして交際することになれば拗れることは目に見えている。

「なぁ、ケンちゃん。ずっと訊きたかったんやけど、何で信用金庫辞めたんや。そんなとこで働いてたら一生安泰やろう」

「……、嫌なことが重なってしまって逃げたんですよ。しばらくニート状態でした」やはり人を殺めたという過去は話す気にはなれなかった。「ほんまかぁ、事情はわからんけど、よっぽど辛いことがあったんやなぁ。ケンちゃん。人生は何があるかわからん。でもな、人生ちょっと物足りんぐらいがちょうどええねやで。そう思うて生きてたら今が一番ええ。そない思えたりするもんや」

「足ないぐらいが丁度かぁ…。なんか深いですね」

「せやけど、最近この辺のコンビニは増えすぎや。丁度ええなんて悠長なこと言うてられんねや。あのイレブンマート火付けに行ったろうか。あかん寝れんようなる。考えるのやめよ。ケンちゃん。ほな、あとよろしく」と言ってオーナーは帰って行った。

　深夜の営業も二人体制が原則らしいが人手が集まらないという理由で一人の時が多い。これは経費を浮かせるオーナー夫婦の策略だろう。そんなことはどうでも構わないが、なにせ治安の悪い地域だ、強盗の存在だけが不安だった。

　午前五時前。アルバイトで働く、ベトナム人のホイがやって来た。同じタイミングで配送車が商品を運んで来た。この時間帯から急に慌ただしくなり始める。古い物を前へ、新しいものを奥へとパン、弁当、惣菜などの品出しを行う。そうこうしている間に、六時を過ぎると通勤客や現場仕事の弁当を買い求める客たちで店が混み出した。そんな中、電話の呼び出し音が鳴った。「あっ、ケンちゃん。起きてから頭痛がひどいのよ。薬貰いに行きたいから残業お願いできるかしら」と電話はオーナーの奥さんからだった。いつもの寝坊の言い訳だ。「はい、わかりましたよ」と電話を切る。オーナーの奥さんが来たら俺の仕事が終了する予定だったがまだ帰れそうにない。

午前九時過ぎ、店はすっかり落ち着き、俺は外の掃除をしていた。「ごめんねぇ、薬飲んだら少し楽になってきたわ」と自転車を走らせながら大きな声で喋るオーナーの奥さんがやって来た。「もう大丈夫なんですか？」俺は心配なんてしていないが嫌味を込めた社交辞令を言ってやった。「ありがとう。もう大丈夫。ケンちゃん、今晩もあるから早く帰って身体を休めてあげて」と、まるで自分の所有物のような言い方に些かの苛立ちを感じながらタイムカードを押し、店を後にした。

普段なら早朝の静かな公園で朝マックをつまみに缶ビールを飲んで帰るのが好きなのだが、この日は十時を過ぎていた。残業で疲れていたので立ち飲み屋の板羽商店で一杯飲んで帰ることにした。

「おう！　ケンちゃん。いらっしゃい」俺はすっかりこの町の住人だ。中壜とおでんの盛り合わせを注文。すぐに「あいよ」とビールを差し出してくれた。グラスに注いだビールを一気に胃袋へと流し込む。労働の後のビールは格別だ。

「おう、あんちゃん。朝からええ身分やんけ」早速、酔っ払いに絡まれる。男は猪首のずんぐりとした体型で短髪に黒縁眼鏡をかけている。ボトルの赤ワインをコップで飲み、既に出来上がっている様子だ。「この俺ぐらいなったら、朝酒ぐらいで文句言う人もおらんでしょう」酔っ払いには軽いジャブぐらいで返すのが丁度いい。「あんちゃん、オモロいやんけ、この世に神はおると思うか?」黒縁眼鏡がいきなりストレートを打ってきた。

「神がいてたらこの世に不幸な人なんか存在してないでしょう。せやから神なんていない」

「前世で悪いことしたら、現世は不幸に生まれる。これ常識」

「ほな、おっちゃんの前世は大悪党やってんな」

「ワレ、ダボっ。誰が不幸やねん。ワシめちゃくちゃ幸せやんけ」

「冗談やんか。ほな神はいてるんやね」

「神はおらん、神に誓って、おらん」

「おらん者に誓うな!　ややこしいいわ」

「創造主(神)が人間を造った話しってるか?」

「アダムとイブですか?」

「せやせや。あれはデタラメや」

「なんで?」

「まぁ、こんなところで朝から酒飲んでるアホにはわからんと思うけどな」

「それ言うたらおっちゃんもアホいうことなりますよ」

「ワシはアホや。アホの何が悪いんじゃ」

「もう論点がずれてきた。なんで神がおらんかいう話」

「それやそれ。人間は猿が進化したんや。せやから神はおらん」

「ほな、神は最初に猿を造ったんと違いますか」

「あんちゃん。賢いなぁ。ほな神は猿の姿してるいうことか…」

誰かと喋りながら飲む酒は楽しい。一杯だけのつもりが熱燗まで飲んで酔いが回っていた。

俺は立ち飲み屋を後にした。しばらく歩くと急に小便がしたくなり、電信柱に向かって小便を撒いた。すると目の前の張り紙には〈キリストに救えないものは無い。悪霊、アル中、賭博、自殺、心の病、体の病、女狂いからの解放と救済〉と書かれている。胡散臭い宗教の勧誘。咄嗟に慶果のチンポをしゃぶる莉奈の姿が脳裏に浮かんだ。そして心に形容し難い感情が湧き上がる。と同時に昨晩オーナーが言っていた飛田の話を思い出した。少し覗いてみようと向きを変え、しばらく歩くと飛田料理組合と書かれた大きな看板が現れた。さらに歩き続けると長屋が並ぶ異様な雰囲気がする町の中に立っていた。

「お兄ちゃん、顔見てあげて」と入り口の隅に座る老婆に声をかけられた。言われるがまま中を覗くと上り框に座る女性には煌々と照明が照らされていた。

俺はそれから、この罪深い長屋を恍惚の眼差しで歩いていた。そして黒蝶という料亭で、そこはかとなく莉奈に似た女を見つけ、気になったので玄関に入ると「ありがとう」と女に手を握られ、そのまま二階の部屋へと案内された。部屋に入ると六畳の和室に敷布団が敷かれていた。何もわからないまま座布団に座ると「何分にしますか？」と女に訊ねられた。料金が書かれた紙を見ながら財布の中を確認したが二万円しか手持ちがなく、三十分だと千円足りない。女と目が合うと「千円サービスしとこか？」と優しく微笑まれ「あ、すいません」と二万円を手渡した。「ちょっと待ってて下さいねー」と女性は部屋を離れたがしばらくするとお茶とお菓子を持って戻ってきた。

この茶菓子を出すことで料亭ということになるらしい。料亭内での男女の色恋沙汰は売春防止法に該当しないと言っていたが無茶苦茶な言い分だ。

「全部脱いでそこに寝て下さいね」と女の言葉に、俺は真っ裸となり布団の上で仰向けになった。女が服を脱ぐ。すっーとパンティを下ろし、背中に両手をまわし、ブラジャーのホックを外す。片腕で乳房を隠してながら柔らかい肌を密着させると、女性特有の髪のいい香りに忘我の境に入った。「女を抱くなんて何年ぶりだ…」気が付けば目の前は真っ白となり、波打ち際に打ち上げられていた。一瞬寝ていたのだろう「ピーンポーン」と、鳴るチャイムで目が覚める。「今のは？」と、訊くと「五分前の合図、そろそろイッってねってこと」と女は立ち上がり服を着る。そして俺も服を着終えると「また来てね」と余韻の残るくちづけをされ部屋を後にした。

靴を履き玄関で老婆から飴玉を受け取り帰路につく、何処となく漂う彼女の香水の残り香に「ええ子やったなぁ…」と俺はまた一目惚れをしてしまっていた。

数日後。この日のシフトは珍しく昼間からオーナーと二人だった。

「ちょっと変な噂を耳にしたんや」オーナーの深妙な面持ちに「あぁ、奥さんとホイがデキてるって話ですよね」と暇潰しに言ってみる。「なんやそれ!? ワシ初耳やど! クソっ、アイツら」と期待以上の反応に俺は焦る。「冗談ですよ、暗い顔してたので笑えるかと思ったんだですが、そんなに怒るって奥さんのこと愛されているんですね」

「いや、正直どうでもええわ。そんなことより、この一画、立退きなるかもせんねや」

「どういうことですか」

「酒屋のタケちゃんと今そこで喋ってたんやけど、この辺は道幅が狭すぎて車が通られへんとこが多いねや、それから角に潰れたパチンコ屋あるやろ。ボロすぎて危ないらしいわ。いつ大きい地震がくるかわからんいうて役所が気にしてるらしいわ。まぁ、まだ決まった話と違うけどな」

「この辺は古い町並みがいいのにもったいないなぁ」

「ケンちゃん、わかってるなぁ。万博を前に飛田を潰せいう声も増えてるんやて」

「それは絶対に駄目ですよ。世間には他人には言えない事情を背負い生きてる人々がいるんですよ」

「確かに」とオーナーは目を瞑り深く頷く。

「役人なんて先住民の土地を奪う開拓者と同じですね」

「えらい熱心やな。ほんで飛田は行ったん?」

「行ったも何も教えて貰った次の日から毎日通ってますよ」

「ま、毎日通うて…」オーナーは俺の顔を二度見した。

「黒蝶の千恵いう子なんですけど、有名なホルモン焼き屋の娘らしいんですわ。『親父の博打狂いのせいで風呂沈めらてもたー』言うて面白い娘なんですよ」

「なんやそれ…、ほんまもんのじゃりン子チエ違うんか」

「いつの日か俺が借金返してやって身請けしますわ」

「また身請けて、江戸時代の花魁やないねから。あっ、トラック来たわ。品出し、品出し。真面目な青年にえらいもん教えてしもうたなぁ、猿にオナニー教えたらあかん言うもんなぁ」

「何か言いましたか。猿が何とか聞こえましたけど!」俺には、猿にオナニーを教えたとはっきり聞こえていた。

午後三時過ぎ、客はまばらで比較的速やかに品出しを済ませることができた。オーナーは外にゴミを出しに行くと、店に客の姿も無く俺は冷蔵庫の補充へ向かった。

しばらくすると店に初めて見る一人の少年がやって来た。少年の挙動不審な姿に補充の手を止めて冷蔵庫の中から注視する。「まさか…」と嫌な予感がした。少年は周囲を何度も確認し、誰も居ないと思ったのだろう。おにぎりを一つ手に取ると足早に店から出て行った。「あっ、万引き!」俺は嫌な予感を的中させてしまった。その場に制服を脱ぎ捨て店を出た。

「ケンちんちゃんどないしたんや」とオーナーは出て行く俺を見て叫んだ。

「すぐに戻ります、店お願いします！」

シュプレヒコール

「クソガキ。警察に突き付けてやる…」

俺は万引き少年の跡を追う。すぐにでも引っ捕えることは出来たが迷っていた。逮捕されてから警察と聞くだけで反吐が出る。オーナーに報告しても警察に連絡をしてから事情を説明するのは俺の役目だろう。取り敢えず少年の家を突き止め親に注意させよう。

しばらく歩くと少年は文化アパートの階段を上り始める。壁に吊るされた木の板には手書きで大吉荘と書かれていた。「まじか…」と、余りのおんぼろアパートにたじろいだ。それでも少年を更生させる為かと心を鬼にして俺も階段を上った。築四十年以上、錆び付いた鉄骨階段から続く廊下は今にも床が抜け落ちそうで金玉がキュッとなる。そこに枯れ果てた植木鉢が並び、朽ちたスチール棚には空壜、古雑誌が詰め込まれ、その隣で洗濯機はガタガタと大きな音を立てている。ここに暮らす住人の怠惰な生活の臭いを感じる。

一番奥、少年が入った部屋の扉をノックする。なんて言ってやろうか。頭に浮かぶ自問自答。洗濯機の振動に合わせノックを打つ手に休符が入り独自のリズムが生まれる。

「はい…」と僅かに扉が開き怯えた少年は顔を覗かせ、パーカショニストは我に返った。

「『はい』じゃなくて父さんか母さんいる？」

「いえ、いません」

「お前うちの店で万引きしたよな？」そう言うと少年は慌てて扉を閉めようとした。俺はその扉を力任せに引っ張ると少年は外に投げ出された。その隙に「ちょっと邪魔するぞ」と言って玄関まで入ったが目の前に広がる光景に愕然となる。カーテンの閉ざされた薄暗い室内は布団が敷かれたままで散乱するゴミで足の踏み場も無い。その部屋の隅で小さな女の子が盗んだおにぎりを頬張っていたのだ。

「ごめんなさい。二度としないから警察には言わないで下さい」と泣きそうになりながら懇願する少年。「お前も腹減ってるんだろう」その余りに貧苦な状況に俺は万引きの事実を葬った。「僕は慣れているから大丈夫です」と呵責の気持ちでいっぱいなのだろう。何度も目をパチクリとさせ精神崩壊寸前といった様子だ。「そんなもん慣れるわけないだろう」俺は強引に少年の腕を掴み外へと連れ出した。

「どこへ行くんですか…」と少年は不安そうに言う。警察に連れて行かれると思っているのだろう。しかし俺はやり場の無い心の葛藤に説明をする余裕も無く「いいから」と不機嫌な返事しか出来なかった。

来た道を戻りデイリーシマザキに到着した。「ここで待ってろ。逃げたらまた家に行くからな！」と何故かわからないが語気を強めた。バックヤードで賞味期限切れの弁当を袋に詰める。手を滑らせ一つ落としたおにぎりがゆっくりと床に吸い込まれて行く。その瞬間、おにぎりを頬張る女の子の姿がフラッシュバックした。俺は自身の怒りの矛先を見失い、ようやく我に返ることが出来た。

俺は少年を連れて三角公園へと向かった。ベンチに腰を下ろし「これ食え、腹減ってるんだろう」と弁当を手渡す。「いや、はい」と困惑する少年に「いいから早く食えよ」そう言うと少年は一瞬、戸惑う表情を浮べるも貪るように弁当を食い出した。相当腹が減っていたのだろう。「飲みモン買ってきてやるよ」と俺は公園近くの自動販売機へと向かう途中、腹を空かせた妹の為におにぎりを盗むことがいけないことなのか？と、当たり前のことがわからなくなっていた。

俺は少年にジュースを手渡し、「お前、名前は？」そう訊くと少年は詰まらせた喉をジュースで流し込み「村木涼太です」と答えた。

「で、涼太は何歳なの？」

「十三歳です」

「じゃあ中一？」

「はい」と答えた涼太は身長も低く、ませた感じも無い。見た目よりも幼い印象だった。

「この時間学校じゃないの？」

「母ちゃん制服も買ってくれないから」

「母ちゃん仕事してんだろ？」

「多分、夜に働いていると思う。たまに帰ってきて千円置いたら直ぐに出て行くから何してるか知らないです」

「父ちゃんは？」

「いません」

俺は足を投げ出し空を見上げる。この世はなんて理不尽なんだ。憤りを感じた瞬間、見失っていた怒りの矛先が見つかった。

「なぁ涼太。この弁当持って帰れよ」

「え、いいんですか?」

「賞味期限切れてるけど二、三日は食べれるから」

「ありがとうございます!」

「俺、あのデイリーシマザキで毎晩働いてるから食べ物無くなったら取りに来いよ。余った物は持って帰っていいってことになってるんだよ」

「はい!」と涼太は喜び目を輝かせた。

「だから涼太、もう万引きはしないって約束してくれよ。いつか捕まるよ」

「はい。もうしません」と俯きながら何度も頷いていた。俺たちはしばらく、たわいも無い会話をしていた。その後、涼太は弁当を手に帰って行った。


それから三日後。午前七時を過ぎた頃に涼太が店にやって来た。外から俺が居るか中を覗いている。十一月に入り急に気温が下がり、涼太は白い息を吐いていた。

「おう涼太。もう終わるからちょっと待ってろな!」と俺はドアを開け叫ぶ。「アレ、ダレ?」とベトナム人のホイに訊かれ「俺の新しい友達。友達来たから帰るわ」と言って店を出た。「おはようございます」と溌剌な挨拶をする涼太に「多い方が涼太と妹の分。こっちが俺の昼飯」そう言って弁当を手渡すと「ありがとうございます」とまた溌剌な礼を言ってニコリと笑った。「オーナーは持って帰っていいって言ってるけど人にはやるなって言われてるから二人だけの秘密な」と伝える。そして俺たちは同じ方向に向かって歩き始めた。

「なぁ、涼太の部屋汚かっただろう。食った後の弁当ガラ、公園のゴミ箱でもいいからちゃんと捨てろよ」そう言ってゴミの日やゴミの出し方を説明すると「わかりました。帰ったら家の片付けします」と素直に返事をした。涼太のアパート近くの路地で俺たちは別れた。「じゃあな。また取りに来いよ」と言って手を振ると涼太は深く一礼をして走り出した。早く帰って妹に弁当を食わせてやりたいのだろう。

この日をきっかけに涼太は三日に一度くらいのペースで弁当を取りに来るようになり、その日は何でもない世間話をしながら一緒に帰るようになった。二十四も歳が離れている。共通の話題があるわけでも無いが涼太はとにかくよく笑う。そんな涼太の純朴な性格に心和む想いがしていた。こうして俺たちの間には不思議な友情が芽生え始めた。

新しい友達は出来たが俺の毎日は単調だ。たまに立ち飲み屋にも寄るが大概はバイトから帰ったらシャワーを浴びて缶ビールを開ける。テレビを付け何をする訳でも無く無駄な時間を過ごす。酔いが回るとやたら多い通販のＣＭに毎回「嘘つけ！」と、ぼやく。それから飛田に千恵がいる日は必ず会いに行く。それが唯一の楽しみだ。その後は夜勤に向け、ひたすら寝ている。

この日も午後十時前にデイリーシマザキに到着した。「はぁ～あ」とあくびをしながら微塵の緊張感もないままレジに向かう。「おはようございます」とオーナーに挨拶をすると「おう、ケンちゃん。話したかったんや」と表情に不安さを漂わせていた。「何かあったんですか」と訊ねた。オーナーの話とは以前に話していた立退きの説明会が土曜日に開かれることになり、それに同行して何か意見を述べてほしいということだった。突然のことに一瞬迷ったが俺は「わかりました」と答えたのはこの店が無くなるとまた無職になってしまうからだ。「ワシ、そうや！　そうや！　言う練習しとくさかいな。あんじょう頼むわな」

「そんな練習必要ないですよ」俺はきっぱりと否定をした。

そして土曜日の午後一時前、説明会の開かれる公民館に到着すると、先に席に着いたオーナー夫婦が「ケンちゃん。こっちや！」と手を振ってきた。俺はオーナーの隣へ座ると「言うこと考えてきてくれたん？」と早速訊ねられ「はい、一応は。月並みなことしか思いつきませんでしたので役に立てるかわかりまんよ」そう言うと「ワシ、ケンちゃんが話してくれること、町内会長に伝えて来るわ」と席を離れて前列の人たちの元へと向かい神妙な面持ちで会話をしていた。

そして午後一時、定刻通りに道路課の作業服を来た役人の男たちが現れ前方の対面の席に着いた。

「皆様、お忙しい中お集まり頂き有難う御座います。早速ではありますが萩之茶屋公園駅前区画整備工事の説明をさせて頂きたいと思います。一旦こちらの説明を聞いて頂いた後、意見交換会の流れとさせて頂きます。どうぞ宜しくお願い致します…」

　こうして工事概要の説明が始まった。内容はデイリーシマザキ周辺の道路幅が狭く消防車、救急車などの緊急車両が通行出来ない場所があり最低必要限の区画整備を行う必要があるという内容であった。

　その説明はかなり説得力のあるもので地図を元に救急車が入れる場所から消防車の放水が届く範囲などを具体的な数字で示したものだった。俺も内心では必要な工事だと感じていた。

　そして意見交換会が始まった。役人の口から何度も出た災害や火事。高齢者の多いこの場で「救急車が通れない」という言葉のインパクトは強かった。町内の人々も工事の必要性を感じていたが反対しないと土地の値段交渉で不利になると考え必死に反対をしている。しかしその内容は「長年住んだ家に思い入れがある」などのありきたりな意見ばかりだった。それを役人はひたすらメモを取っているだけだ。そんな中、遂に俺の元へとマイクが回ってきた。困惑しながらもオーナー夫婦の切実な気持ちを考えると黙っている訳にはいかない。

　俺は立ち上がった。「片瀬と申します。我々が今回の再開発で気になっていることが何点かあります。この町は大阪の古い下町ということで商店街には串カツやホルモン焼きを求め、たくさんの観光客が訪れています。そのことはご存じでしょうか？」

「もちろんですよ。テレビで大阪が紹介される時にはこの町をよく目にします」

「特に駅前のノスタルジックな高架下は写真の撮影スポットとして話題を集めています。その景観が変わってしまうと商店街の集客に影響が出るのではないでしょうか。まずこの点についてどうお考えでしょうか」俺は久々にまともなことを言っている気がしていた。その時、突然隣でオーナー夫婦が拳を突き上げ「そうや！　そうや！」と叫び出した。すると会場はそうやコールに包まれた。俺は心の中で「頼むからやめてくれ」と嘆いた。何故か妙に恥ずかしい。

　会場が急に静まると「貴重なご意見、有難う御座います。あの高架が観光の目玉となると確かに現場のままが望ましいですね。まだ全ての計画が決まったわけでは御座いません。そのような意見を参考により良い街づくりができればと考えております。次の意見もお聞かせ願えますでしょうか」

　流石にお上の人間だ。淡々と語る言葉に温度の無さが伝わってくる。

「次はパチンコ店の解体工事についてです。あの場所であれ程の大きい建物を解体するに当たっての期間。その間の騒音や振動が与える飲食店への集客の影響について。それから最近問題となっている石綿の影響等は無いのでしょうか」

「一応、道路の幅を広げてからの解体工事を予定しておりますので通常の工事と思って頂いて結構かと思われます。今日は各工事担当者を呼んでおりますので担当者から直接説明してもらった方がよりご理解いただけるかと思います。大石君、待機してもらってる解体業者さん呼んできてよ」その言葉に役人の大石は部屋から出て行き俺は席に着いた。言うべきことは全て言った。自身の役目を終え緊張感が充実感へと変わる。「よう言うてくれたな」とオーナーは感謝の言葉を口にした。

しばらくして大石が部屋に戻って来た。「あちらの方が…」と大石が手のひらで俺の方を指して解体業者に質問の説明を始めるも、あと俺は「わかりました」と、一言いうだけだ。連中が次に言ってくることとなんて安易に想像が出来る。さっさと終わらせて早く帰ろう。そんなことを思いながらしばらく待っていたが大石と解体業者の纏わり付くような視線を感じ、俺は二人の男に焦点を合わせる。説明を聞く解体業者の男は半笑いでニヤつきながら腕を組んでいる。「まさか！」と思わず二度見した瞳孔が開く。目の前に立ち、ほくそ笑む男は犬山秀明だった。

俺は何故か不味いと感じ心の平衡を失う。さっきまで恍惚感に浸っていたはずなのに一瞬で興醒めだ。俺の人生はいつもそうだ。幸福と不幸が同時にやって来る。

犬山が前に立ち一礼をしてマイクを持った。相変わらずの高級腕時計。ネームのついた制服のブルゾンまでラルフローレンだ。一体こいつは何なんだ。

「皆様、初めまして。株式会社白和の犬山と申します。本日は宜しくお願い申し上げます」犬山はマイクを下ろし深々と頭を下げる。「あっ！　片瀬さん。ご無沙汰しております。こんな所でお会いできるとは、まだ別荘でゆっくりされているかと思ってましたよ」

犬山が白々しく発する言葉に過去をばらされるのでは無いかと心を掻き乱される。「ケンちゃん別荘って…」とオーナーは勘付いたに違いない。「あ、あいつ何を言ってるんですかね」と俺は誤魔化すことしかできない。「やばいバレる」俺は指名手配犯になったような気持ちに陥り軽い過呼吸状態になっていた。

「質問された件ですが、解体工事に関して特別問題はございません。道路拡張後の工事ということですので、適正な重機を使用できます。アスベストについても事前に調査をして適正な処分を行い、法律に基づいた作業計画で工事を進めて参ります。片瀬さん、他にも気になる点はないですか」

「いや、別にありません」

「皆さんあの倒壊しかけのパチンコ店を放置しているよりも、行政の計画で解体された方が町の治安の為に良いのではないでしょうか。廃墟のような建物には放火も多く、殺人犯が逃げ込んだりすることもよくあるんです。パチンコ店解体工事に関しましては、町の為、治安の為、何卒、ご理解頂きたいと思います」そう言うと犬山は頭を下げマイクを置いた。

「間違っても殺人犯が辿り着くような町にしてはならない。ですよねぇ！　片瀬さん！」と犬山は半笑いの地声で俺に問いかける。俺は奥歯を食い縛り犬山を睨みつけたが犬山は別室へと戻って行った。「なんや感じの悪い男やのぉ、ケンちゃん。大丈夫か」とオーナーの心配にも俺は相槌しか返せなかった。

説明会が終了して公民館を出た時だった。「人殺しの片瀬さん」と犬山が俺の元へとやって来た。「貧乏人が集まって必死に金を無心する。プロ市民に転向ですか？」

「そんなん違いますよ」と言いながら俺はコイツを一瞬で捻じ伏せる方法を思いつく。顎へ掌底打ちを放ち黙らせて帰りたい。

「流石に人殺しの辿り着く町だ。まるで掃き溜め。こんな町は更地にして貧乏人と乞食を一掃してしまえばいいのに」

「やれるもんならやってみろよ」

「別になんでも構いませんが、くれぐれも私の仕事の邪魔はしないように、そうすれば昔の無礼は許してあげますよ」

「昔の無礼ってあんたが横領したことでしょう」

「私が横領をした証拠でもあるのか。そんなことを人殺しに言われる筋合はない。以前に言っていたが私は西田も殺していない。あいつが勝手に死んだ。人殺しが説教とは身の程をわきまえろ！」

　俺は込み上げる怒りを必死に抑えようと、返す言葉も見つけられず犬山を睨みつけることしかできなかった。

「おお怖っ、あまり怒らせると私も殺さね兼ねない。この辺で帰った方がよさそうだ」

滔々と嫌みを並べ犬山は去って行った。

　何度も人殺しと言われ良心の呵責に苛まれる。正に怨憎会苦。今日この場に来てしまったことを酷く後悔していた。

この日の夜も俺はデイリーシマザキに居た。ブルーな気持ちを引き摺ったまま、犬山のことが頭から離れなくなっていた。あいつを殺して、もう一度刑務所に入ってやろうか。もう既に一人殺している、二人目を殺したところで、俺の人生に何ら影響は無い。むしろこれこそが偶然にも人を殺めた理由ではないのか。物語はクライマックス。「さぁ、伏線回収の時間だ」と神は言ってるんじゃないのか。

誰も見つからないように拉致して富士の樹海で首吊り自殺に見せかけて完全犯罪を計画するか。正々堂々あいつの会社に乗り込んでナイフでメタ刺しにするか。いや、そんなんじゃあ物足りない。奴に苦痛を与える。それも地獄のような苦しみだ。目玉をくり抜き、視界を奪ってから生爪を一枚ずつ剥がす。奴は恐怖で気が狂うだろう。それでも拷問の手は止めることは無い。耳を切り取り、チンポも切り落としてやろうか…。

そんな最高に気持ちのいい妄想に耽っている時だった。店の扉が開いた。俺はどんな客が来たのかと入り口に目をやる。「ど、どうした涼太!」そこには顔を真っ赤に腫らし、目に涙を浮かべた涼太が立っていた。

俺は涼太をバックヤードへ連れて行き事情を訊いた。涼太が家を片付けるようになってから母親が男を連れ込むようになったらしく、涼太はセックスの声で目が覚め、男と目が合い殴られたようだ。そして家から逃げ出しここへ来た。その話に、またも怒りが込み上げる。家に乗り込み男を殴ったとしても涼太にとって良い結果に繋がるとは考え難い。涼太が仕返しに遭うかもしれない。

　俺はメモ用紙に地図を書いた。「今日は俺の部屋で寝ていろ」そう伝えると涼太は頷き俺の部屋へと向かった。

「最悪だ」犬山と鉢合わせになり、涼太は殴られ逃げ込んで来た。なんて日なんだ。

　午前七時にバイトを切り上げ、急ぎ足で家へと帰る。道すがらにずっと涼太をなんとかしてやりたいと考えていた。

　玄関の前でふと思い出した山積みのエロ本の存在。しかも無修正。まぁ純朴な涼太がそんなもんに興味を示すはずがない。あるわけないと願い扉を引いた。「オーマイガット！」眠る涼太の枕元には二本の指でヴァギナを広げる女の写真の頁が開かれていた。涼太が初めて目にした女性器だろう。「ナンマンダブッ…」俺はエロ本をそっと片付けた。そして何事も無かったことにして「おはよう」と声をかける。涼太は目を擦りながら「おはようございます」と寝惚けながら身体を起こした。

「顔は大丈夫か？」

「うん、痛いけど大丈夫」

「俺が部屋片付けろなんて言ったからだな。悪いことしたな」

「ううん、悪いのは母ちゃんだから」

　俺は持って帰ったパンとオレンジジュースを手渡すと「ありがとうございます」と、涼太はそいつを受け取った。

「あれから涼太のことずっと考えてたんだ。学校行かないまま大人になるということがどうことかわかるか」

「ううん、わからない」

「字も書けなくて計算も出来ないと会社で働けないんだよ。ということは悪い奴に使われるか、この辺のホームレスみたいになるしかないんだよ」

「そんなの嫌だよ！」

「涼太は勉強嫌いか？」

「嫌いじゃ無いけど学校行けないし」

「なら俺が勉強教えてやろうか」

「えっ、ほんとに！」

「一応、大学は出てるから中学くらいの勉強なら教えられるからさ」

「うん、勉強教えて下さい。僕、頑張ります」と涼太は欲しかった物を手にしたように目を輝かせ、喜びの表情を浮かべていた。

翌日から俺は涼太の家庭教師となった。学力を見て小学二年の復習から始めることにした。九九の暗記には手こずったが勉強の仕方を理解すると、あれよあれよと中学一年の内容に追いついた。涼太の地頭の良さを感じ参考書も少し難しい内容へと切り替えた。これが涼太の人生を切り開くきっかけとなってくれ。その一心だ。

地球温暖化

何もかもが崖っぷちギリギリといった状態のまま一年半が経過した。季節は八月。今年もまた酷暑だ。「地球温暖化の影響で…」そんな言葉を最近よく耳にする。そんなことよりもオーナーからの言付けで昼間に店に呼ばれていることの方が気になる。

店に到着するとオーナーはバックヤードで椅子に腰掛けテレビを見ていた。「おう、ケンちゃん」と言ってオーナーはテレビを消した。「工事が正式に決まってもうた。年内で閉店せんならんわ」と、しみじみ口にした。それはまさに踏ん張っていた崖に不安という大波が押し寄せ、崖諸共崩壊させてしまうかの様な報告だった。工事着工は来年の四月。年内で閉店することを決めたらしい。その後、移転はせず余生を静かに暮らすと言うオーナーらしくない消極的な発言に相当の落胆を感じた。

それから思案の日々が続いた。季節は十月に突入したがやたらと暑い日が多い。日中は半袖で過ごせる日もあるくらいだ。「地球温暖化の影響で…」そんな台詞はもう聞き飽きた。

「ケンちゃん、こんにちはー」と何も知らない涼太が勉強をしに部屋にやって来た。涼太は十五歳となり学校に行っていれば中学三年だ。急に身長も伸びて大人びた一面も出てきたが純朴な性格は変わっていない。そして涼太は俺のことをケンちゃんと呼ぶようになっていた。

「ヨシ、英語はここまでしとこっと」

「ちょっと休憩しろよ。冷蔵庫にジュース入ってるから」

「うん。ケンちゃん、このアイスしゃぶっていい？」

「なんだよ、そのアイスしゃぶるって。しゃぶるって動詞使う時は主語がチンポの時だけだろう」

「この背徳の聖水を浴びせられってどういう意味？」

「何それ、戦国武将の格言か？」と俺は涼太の参考書に目をやる。「お前すぐにエロ本見るんじゃねぇよ！　それ、おっさんが小便かけられて後ろめたくなってるんだよ。次は数学だ、数学やれ」

涼太はエロ本が好きだった。年頃の男にとって自然なことだ。変に隠すと拗れるに決まっている。こういうことはオープンな方がいい。

「ねぇ、ケンちゃん。この一万五千五百五十二の約数の和ってどうやって計算すんの？」

「なんだそれ。参考書の解説見るわ。ちょっと休憩しとけよ」

「うん」と言って涼太はジュースをコップに注ぐとテレビを見始めた。俺は参考書の解説を読むがあまりの難問に手こずる。二年間この部屋で必死に勉強を重ねた涼太の学力には目を見張るものがあった。

更に月日は流れ、十一月に突入した。急に寒くなり世間では秋はどこへ行ってしまったのだと嘆いている。「地球温暖化の影響で…」そんな地球規模の問題よりも差し迫る問題の解決法が知りたい。

俺の頭の中は涼太のことでいっぱいになっていた。せめて後一年この生活を続けて涼太の高校入学を見届けてやりたい。とはいえ涼太が高校へ進学したとしてアルバイト程度で妹を養っていくことができるのか。必死に勉強しているのだから大学まで行かせてやりたい。大学を出て企業で勤めることが出来たら幼い頃の苦労も笑い話にでも出来るのだろうが。俺はあの二人の親でもなければ、四十歳になるというのに貯金も無い。俺にはどうすることもしてやれないのか。せめて安定的な収入、いっそのこと、大金でもあればって…、「結局金の問題かよ！　クソッ！」俺は自身の不甲斐無さを思い知らされるばかりだ。

刻一刻と閉店までのリミットが近づく日々に俺は精神的に追い詰められていた。現実逃避なのだろう、酒の量も増え、仕事帰りに立ち飲み屋に足を運ぶ日が増えていた。

「おう、あんちゃん。今日も朝酒か」と声をかけてきたのは以前もこの板羽商店にいた黒縁眼鏡の男だ。この日も赤ワインを飲み既にご機嫌の様子だ。

「あーこれはこれは、西成のダーウィンじゃないですか」そう言うと男はニンマリ顔でコップの赤ワインを飲んだ。「この赤ワインと、このどて焼きの相性は抜群や。ネッビオーロが合いそうやけど、この場でそんな講釈は粋やないからこれでええ」黒縁眼鏡の話は何故か酒が進む。「もう少しで無職になってしまうんですよ」と、こんなことを口にしたのは何か妙竹林な話が訊きたい。そんな期待からだった。

「最高なことやないか」

「最高やないです。最低ですよ」

「人間に無駄な感情は哀れみや。可哀想なんて思う心が人を駄目にするねや」と早速訳のわからないことを言い出した。

「さすが無神論者。無慈悲な男」と、俺は黒縁眼鏡を煽る。「阿呆！　無慈悲言うな。無職になる？　そんなもん俺の知ったことやないわい」

「でしょうね…」

「あんちゃんは可哀想やなぁって同情してほしいのか？」

「いや、別に」

「せやろう。それやのに可哀想なんて悲観的になると俺の中にネガティブな感情が生まれるんや。鬱病は移るなんて言うやろう。他人の心を無闇矢鱈に想像するのは危険なんや」

「なるほど…。結局それって自分のことしか考えてないですよね」

「阿呆！　人間なんて可哀想と思うことで自分は優しい人間やと肯定しとるんや。もしくは相手を蔑んで悦に浸っているか。そんな奴らの方がよっぽど自分のことしか考えてないやろう。俺が『可哀想』なんて言われたらムカッとくるわなぁ」

「それで？」

「せやから最高やないかと、さっき言ったのは新しい人生の幕開けという意味が込められていたこともわからんか？」

「そんなもん解るかー！　どこ端折ってるねん！　それやったら最初から『新しい人生の幕開けや』って言ってくれたらいいやないですか」

「あんちゃんが『最悪ですよ』って悲観的な顔するからやろう。せやからお前は同情されたいんかってところから…」

　確かに…、もう訳が分からないが黒縁眼鏡が正しい気もする。

「さっきの話は無かったこととして、もし僕が余命宣告されましたって言っても同情はしないですか？」

「当たり前やないか」

「それでも哀れまないって鬼やないですか」

「鬼？　ボケ！　逆じゃ！　お釈迦さんはこの世を一切皆苦と説いたんや」

「あっ、仏教」

「死ぬんが決まったら涅槃寂静の幕開けや！」

「なんでも幕開けて…」

「講釈垂れたらぐちぐち言うからやろう」

「その講釈が訊きたいのに」

「あんちゃん…。そもそも人間は長生きすることが幸せやと洗脳されとるねや。考えてもみろ寿命なんちゅう概念がある生きもん人間ぐらいやろう。鮭は卵産んだら死ぬ。蟷螂の雄は交尾のあと雌に食われる。海亀も生まれても、ほとんどが海鳥に喰われてまうんや」

「確かに…」

「歳とって呆けてまで生かされるのは人間ぐらいやど。なんでも節度ちゅうもんがあるねや。おかしいと思わへんか？」

「確かにおかしいですね」

「それはな、他人が長生きすることで得をする人間がいてるからや。そいつらが洗脳をしよるねや」

「誰がそんな洗脳するんですか」

「そんなもんババほどいてるわい。ウォルト・ディズニーは代表格やろう。気持ちの悪い御伽噺で洗脳しては誰でもシンデレラになれると謳い、高い物を売り付けるんや。『生きるって素晴らしい』と戯けたことをほざきながら連中は私腹を肥やすのに必死よ。アメリカ人は破滅的な物しか発明できひん愚かな民族や」

「そうかなぁ」

「あいつらの最高の発明は何かわかるか？」

「わからないです」

「原子爆弾や」

「穿ってるなぁ…」けど妙な説得力がある。

「そしたら親のいない子供にも同情はしませんか」

「親がおらんから子供は強い人間になるんや。そこに同情の余地があるんか。ネガティブな未来想像しても、ポジティブな未来想像しても、全ては本人のインテリジェンス次第や。『同情するなら金をくれ』いう有名な台詞あったやろう。孤児を同情するくらいなら金をやれーーーー！」と黒不眼鏡は人差し指を突き上げ耳を劈く声で叫んだ。

「そしたら地球温暖化の影響については？」

「そんなもん知るかー、はっ倒したろか！！」と叫ぶ黒縁眼鏡のワインボトルは空になっていた。

悪巧み

田園風景広がる畦道を貸し自転車で朝からひたすら走っている。

「同情するなら金をやれ」黒縁眼鏡の言葉には考えさせられた。彼の言う通りかもしれない。涼太自身が不幸だの不満を口にしたことは無い。俺が勝手に哀れんで悩んで神経をすり減らしているだけだ。いったい俺は何をやってんだ。

そして道行く人に訊ね続けて二時間、ようやく一軒の家にたどり着いた。「ピンポーン」幾度かインターホンを鳴らすが応答は無い。諦めて自転車に跨った時だった、もんぺ姿の老婆が納屋で作業をしていることに気付いた。「こんにちはー」と大きな声で叫ぶ。老婆は声に気が付くと俺の元へとやって来た。「息子さんの古い友人の者ですが」そう言うと老婆は俺を怪しむ様子も無く「そうですか、息子なら田圃におりますよ」と田圃までの道を丁寧に教えてくれた。俺は礼を伝え、足早に田圃へと向かい自転車を漕ぐ。三十分ほど走って目的地に到着。稲が刈りとられた広大な田圃では、遠くで一台のトラクターが土を耕している。俺は畦道に入りトラクターへと近づく、そして自転車を停めてトラクターの前方から田圃に入り「すいませーん」と手を振り叫んだ。トラクターの男は作業の手を止めてこっちを見た。「おう！　ケンちゃーん」と懐かしい野太い声が返って来た。ここで間違いなかった。ようやく俺は鍵田貴一を見付けだすことが出来た。

「鍵さんご無沙汰してます」

「よく、ここわかったね」

「四時間自転車漕いで来ました。家訪ねたらお母さんがここ教えてくれたんで」

「そうなんだぁ。で、何しに来たの？」

「えぇ、ちょっと…、相談したいことがありまして…」

「なんだよ」

「あの…、一度だけ、一度だけ鍵さんの力貸してもらいたくて」

「……、ケンちゃん、今晩用事あるの？」

「いえ、バイト休んだんで予定は無いです」

「そしたら今晩うちに泊まれよ。一杯飲みながらその話訊くわ。返事それからでも構わないだろう」

「は、はい」

「ちょっと待っててよ、あと少しだから仕事終わらせてしまうわ」

午後五時。俺たちは駅前の焼鳥屋に入りビールで乾杯をした。

「これ俺の名刺。連絡先書いてるから」

「へぇ、鍵さん本当に農業やってるんですね」

「結構、骨の折れる仕事だよ。この時期は冬鋤って言って冬を迎える準備しないといけないんだよ」鍵田の目元には皺が増えていた。以前のような威圧感は無くなり、米作りの大変さを嬉しそうに訴える姿は歳下の俺よりも、よほど若々しく感じる。

酒が進むにつれ、話は自然と務所時代の思い出話へと変わる。俺は当時言えなかった真実を打ち明けた。

魔女になりたい女に片思いをしてしまい、その女が新興宗教に騙されて助けに行ったのだが、挙句振られて罪だけが残り刑務所に入った事実を知った鍵田は腹を抱え笑っていた。

それらか刑務所を出てからコンビニでアルバイトをしていることや、足繁く飛田に通っていること、そして涼太と出会った経緯など偽ることなく語った。

「鍵さん、悪党を殺してしまった俺は悪人ってことになるのかな」

「所詮人間なんて全員悪人なんだよ。必要以上に生き物殺してさ、それでも足りないって戦争して人殺しまでして人様の物奪ってるくせに素知らぬ顔してさ」

「うん。確かに」

「みんな欲望に支配されて、そいつが因縁ってヤツで繋がってるんだよ」

「因縁って、俺たちがこうして飲んでるってことですよね」

「そう、魔女に惚れたのもケンちゃんの欲望で、それがきっかけで刑務所に放り込まれて俺と出会ってこうして酒飲んで、全て繋がってんだよ」

「涼太を高校へ行かせてやりたいってことも俺の欲望なんですかね」

「その涼太って少年を助けてやりたいんだろう」

「そうなんです」

「ケンちゃんの性格知ってるから話してて察しはついてたよ」

「大人は好きに生きれる。だけど子供は無理なんです。おにぎり一つだけ盗んで妹に食べさせてやることが犯罪だと思いますか。自分も腹減ってるのに…」

「確かに、確かにその通りだ」

「涼太がこれからどう生きるか自分で決めさせてやりたいんですよ」

「それで俺に頼み事に来た」

「はい。一度だけ力貸してもらえませんか。どうしても金が必要なんです。だから俺も盗みやってみようかと」

「きっと後悔することになるから盗みなんて言葉、簡単に使わない方がいいよ」

「すいません」

「おいー、そんな暗い顔するなよ。放っておけなくなるわ。それでなんか目星はついてるの？」

「はい。全く気が咎めない盗みと言うか、なんと言うか」

「なんだよそれ」

「盗めそうかだけ見てもらえないですか。迷惑かけるつもりは無いんで、いけそうなら俺が勝手やりますから」

「わかったよ。務所での借りがあるから、ケンちゃんの頼みは無下には出来ないよ」

「借りってチンピラ倒して独居房入った時のことですか」

「あん時も俺ら助けてもらったもんな。ケンちゃんは人を助ける為に生まれて来たのかもなぁ」

まず明日、現地を見て可能か不可能かを判断することとなった。

この後も俺たちは深夜まで再会の夜を楽しんだ。

翌日。俺は鍵田の運転する軽トラックで目的地へと向かった。丹波篠山から一時間半、大阪府豊中市の閑静な住宅街に到着した。「鍵さん。あの家です」鍵田は家の前を通過して一キロ程離れた大きな公園の駐車場に車を停めた。「ケンちゃん、これ着てよ」と、隅田工務店の刺繍ネームが入ったブルゾンを手渡された。「工事関係者のふりしてたら大概のことごまかせるから」そう言うと俺たちはブルゾンを羽織った。「なるほど」確かに至る所でこんな姿の人をよく見かける。「鍵さん。あれ、三軒先の家です」その家の敷地は三十坪程度の比較的新しい木造家屋だった。「このまま通り過ぎて一周しよう」と言い周辺の家を細かくチェックしていた。そして家の前に戻って来ると鍵田はスケールを取り出し画板にメモをするという小芝居も挟みながら念入りに家を確認していた。「この辺で工事でもあるのかしら」と、通りすがりの老人に声をかけられた。「古くなった配管の調査です」と鍵田は違和感の無い言葉をさらっと言って退ける。最後に数枚スマホで写真を撮ると「ケンちゃん、戻ろう」と言った。ここから鍵田は言葉少なになり頭の中で複雑な計算でもしているかのように、眉間に皺を寄せ小声で独り言を呟いていた。俺たちは軽トラックを取りに戻り、喫茶店に入った。しばらく鍵田は真剣な表情でメモとスマホの画面を何度も見返していた。「ふぅー」鍵田は大きな息を吐いてスマホとメモをテーブルの上に置いた。そしてコーヒーを口に含んだ。

「鍵さん、どうですか」

「うん、これは無理だな」

「はぁ…、やっぱり無理ですか」

「ここにセキュリティ会社のシール貼ってるだろう」そう言うとスマホ画像を見せられた。

「これ外から工具で開けようとすると警備会社が来るんだよ。中からセキュリティを解除したら工具つかえるけど中に入ったら普通に鍵開けれるしな」

「そっかぁ…、無理なら諦めるしかないかぁ」

「そうだな。リスクが高すぎるな」

「鍵さん、ありがとうございました。諦めがつきました。何か別の方法考えます」

「うん、その方が賢明だ。ここまで来たから家まで送るよ」

俺たちは三度、軽トラックに乗り込んだ。俺は少し寄りたい場所があったので豊中駅まで送ってもらうことにした。

「ところでケンちゃん。何であの家だったの」

「あれ、それ言ってませんでしたっけ」

「聞いてないよ。気の咎めない盗みとは言ってたけど」

「あそこ犬山ってヤツの家なんですよ。信用金庫で働いていた頃、そいつの会社担当してて、うちから二億円の融資受けて会社計画倒産させて、しかもその金着服してたんですよ」

「なんだ。そいつ」

「そのせいで担当していた下請け会社の社長が自殺したんです。生前『金貸して下さい』って土下座までしたんですけど、その時の俺にはどうすることもできなくて、本当に悔しくて」

「そんな話って本当にあるんだな」

「一度犬山とゴルフコンペで同じ組になったことあって、腕時計集めるのが趣味だとか言って付けてた腕時計自慢されて、横領した金でポルシェまで乗ってやがって未だに腹立ちますよ」

「なんかいちいち鬱陶しいヤツだなぁ」

「一年後に信用金庫に現れて『新しい会社を作ったから取引してほしい』って言い出したんですよ。我慢できなくて『会社潰れることわかっていたら西田社長死ぬことなかったでしょう！』ってキレてしまって。そしたら犬山『ケツ割る根性無いのに商売なんかするからや』って逆ギレ始めて、信じられますか」

「それは酷いわ。聞いててムカムカしてるもんなぁ」

「でしょう？　本当に最低なヤツなんですよ、最近たまたま会うことあって、俺がキレた時の仕返しかわからないけど、ダラダラと嫌味いわれて、あいつ殺してもう一回、刑務所に入ってやろうかと思いましたよ」

「何、また現れたの？」

「そうなんですよ。以前『毎年正月は家族でハワイに行く』って言ってたこと思い出してこの計画思いついたんですよ」

「なぁ、ケンちゃん。そういう話は先に言ってよ。そんな思い入れあること知らなかったからさ」

「すいません」

「それにそんなムカつく奴の話聞かされちゃったらさ…」

「すいません」

「流石の俺でも正義の血ってやつが騒ぐわ。なぁ、ケンちゃん。一つだけ方法があるんだよ」

「えっ？」

「リスク高いからケンちゃんの為かと思って無理だって言ったんだけどな」

「それなら一か八かやらせてもらえないですか」

「何でかわからないけど犬走りに古いタイプの換気扇があったんだよ。あれ外したら中に入れる」

「俺やりますよ」

「だけど問題があってな、俺とケンちゃんの身体じゃ大き過ぎて通れない。女か子供ならギリギリってとこなんだよ」

「そっかぁ…」

「『そっかぁ』じゃないよ。その涼太って子に手伝わせるか」

「えっ！」鍵田の突拍子も無い提案に困惑の声を上げてしまった。

「でも涼太に二度と万引きするなって約束させたのに泥棒の手伝いって酷じゃないですか」

「その犬山ってヤツが元凶でずっと許せないんだろ。人間て当たり前のことほど難しく考えるんだよ。人生狂わせた奴に仕返しをする。だけのことだろう」

「ですけど…」

「ケンちゃん、涼太の為だとかいちいち理屈っぽいんだよ。どうせ俺ら刑務所まで行ったんだ。そんな悪人の時計盗んだからって悪いことしたなって神様でも思わないよ。自分でも全く気が咎めないって言ってたろう」

「確かに…。俺、犬山が許せないんですよ。これは涼太の為じゃない。これは単に俺の復讐なんですよ」

「そう。シンプルにいこうよ」

「鍵さん。俺に力貸して下さい！」

「ヨシ！　面白くなってきた。毎日田圃耕してたけど、本当は楽しいことしたくてうずうずしてたんだよ。そんな極悪人なら何の遠慮も無しで楽しめるわ」鍵田はハンドルを握りながらほくそ笑んだ。その横顔は悪人の血が騒ぎ出した。そんな表情だった。

「こんにちはー」と、この日も涼太は参考書を片手にやって来た。「オッス」と右手を上げ、俺は初めてのスタイルで挨拶を返す。「どうしたの?」涼太の鋭い指摘に俺はたじろぐ。というのは涼太に話さなければならないことが幾つかあったからだ。どう伝えるべきか迷っている間に段々と話が複雑になっていった。問題を先送りにするのは俺の悪い癖だ。一つ一つ言っておくべきだったことに今更気が付く。今日こそはと意を決し、腹を括っていた。

「話あるんだよ」突然のその重苦しい口調に涼太は些か不安を感じている様子だ。「なんかあったの?」と涼太は必死に冷静を装い、いつもの場所へと座った。俺は未だ何から話すべきか思い付かない。水道を少し捻り薬缶へゆっくりと水を入れ時間を稼いだ。水で満たされた薬缶を火に掛け、「俺、この町に来る前、刑務所にいたんだよ」突然、無意識に出た言葉に涼太の顔は強張り、俺は話す順序を間違えたことに気が付く。「昔に信用金庫で働いて頃にさ、あっ、その前に信用金庫って意味わかる?」慌てて俺は涼太の感情を窺うべく白々しく質問をした。「銀行のこと?」と涼太は冷静に答える。「そうそう、小さな銀行みたいなもん」と俺は気不味い会話のトーンを普通に戻した。「そこに悪い客が居てな。そいつが嘘ついて銀行の金を盗んだせいで知り合いの社長が自殺したんだよ。その辺から俺の人生が狂い始めてさ」涼太はじっと話を聞いていた。「悪いことは続くもんでさ、今度は大切な人を助ける為に悪い連中と喧嘩したら、後からわかったことだけど、一人、死んでたんだよ」涼太は口元を尖らせ何度も相槌を打ちながら話を聞いている。「俺がそいつを死なせてしまって、だから俺、本当は凄く悪い人間なんだよ」

「ちょっと待って！」と、突然涼太は俺の話を遮った。「ケンちゃんは悪い人間なんかじゃないよ。悪いヤツだったから喧嘩したんだよね」

「うん、そう。めちゃ悪いヤツだった」俺は涼太の勢いに飲まれオウム返しに繰り返した。

「ふぅー」と涼太は小さな息を吐き安堵の表情を浮かべた。しかし俺はまだ残酷な話を続ければならなかった。

「年内でデイリーシマザキ閉店になるんだ」

「えっ！」一難去ってまた一難といった様子で涼太は再び前のめりに俺の顔を凝視する。

「だから俺はこの町を出て行こうと決めた」

「そんなの嫌だよ！　僕の友達ケンちゃんしかいないんだよ！　何処にも行っちゃやだよ！」最悪だ。涼太を泣かせてしまった。その時、「ヒュルゥ〜ヒュー」と薬缶の湯が沸く、このタイミングが最良なのか最悪なのかはわからないが涼太が落ち着けばとインスタントコーヒーにグラニュー糖と牛乳を混ぜ、甘めのコーヒーを作り、マグカップを涼太に手渡した。「ありがとう」と涼太は手のひらで涙を拭いカップ受け取った。「涼太は俺のこと、友達って思ってくれてたんだな」そう言うと「うん」と涼太は頷いた。「俺さ、その悪党のことが許せないいんだ。けりをつけたいんだ。あいつが盗んだ物を取り返してやろうって思っている。それには涼太の力が必要なんだ。俺に涼太の力、貸してくれないか……」俺は後ろめたい気持ちで涼太の目を見ることができなかった。「僕、ケンちゃんの言うことならなんでも聞くよ。だってケンちゃんは僕の命の恩人なんだから」俺は十五の少年になんとも惨たらしいことを言わせてしまった。

オオトカゲ

デイリーシマザキに到着して、真っ先に鍵田の家に電話をかけたのは、涼太が「協力する」と言ってくれたことを早く報告したかったからだった。「こんな遅くにどうしたの?」と驚いた様子の鍵田に「まさか寝てました?」と訊くと「農家の朝は早いんだよ。母ちゃんびっくりしてるよ。せめて携帯にかけてきてよ」と言われた。俺は久しく携帯の必要性など考えたことも無かった。今後のことも鑑みて携帯を購入することにした。

十二月二十日。初めて三人が集まり、俺の部屋で打ち合わせが行われることとなった。「ドンドンドン」扉を破壊されてしまいそうなノックに慌てて扉を開けた。「ケンちゃん、パンチある町すんでんなぁ」と鍵田がやって来た。鼻息荒く、興奮した様子で一人喋りが止まらない。「あとでこの辺、案内しますよ」そう言うと「うん。すっごい興味あるわ」と、鍵田は少し落ち着きを取り戻した。

そうこうしている間に「こんにちは…」と涼太が部屋にやって来た。初めて見る身体のごつい鍵田に尻込みをしている様子だ。「ケンちゃんがいつも涼太君のことを話してたから会うの楽しみにしてたんだ」そう言うと鍵田は右手を差し出す。「村木涼太です。よろしくお願いします」と言って涼太は鍵田と握手を交わした。

三人が揃った。鍵田は顔を綻ばせ「さぁ、早速始めるとするか!」と言って手のひらを

「パンッ！」と叩いた。その姿に俺は鍵田と初めて出会った日のことを思い出す。ここから鍵田が中心となり、作戦会議が行われた。「まずは今回の計画をＤＭ壊滅作戦とする」と鍵田は戦争でもおっ始める気なのかという作戦名を口にした。「ＤＭは何の略なんですか？」と涼太が訊ねた。「犬山、ドッグマウンテンのＤＭだ」と言った鍵田のドヤ顔に「ダサっ」と俺は思わず口走った。しかし壊滅という言葉の響きは悪くない。

鍵田の企てた計画とは犬走りにあった換気扇を外し、その開口から涼太が侵入する。中のセキュリティを解除した後、玄関を開けるということだ。鍵田は自身が予想して書いた、間取り図を元にセキュリティの位置や解除方法などを涼太に詳しく説明すると「この作戦の運命は涼太にかかっていると言っても過言では無い。出来そうか」と言って鍵田は分厚い手のひらを涼太の肩に乗せた。「うん、頑張るよ」と涼太は熱のこもった目つきで固く頷いた。当日は車が二台必要になる為、午前中に俺が鍵田の車を家まで取りに行く。鍵田は適当な車を盗み、その車で犬山の家に行くということだ。

俺は小休止にとお茶を淹れ、ストーブの上で干し芋を焼いた。適当なスナック菓子をちゃぶ台に置き、「決行はいつにしましょうか？」そう訊くと「まぁ、大晦日は年越しで深夜まで騒いでる家も多いけど、正月の夜まで騒いでる連中は少ないだろう」

「なら景気良く正月の夜に決行ですね。なんかドキドキしますね」

「そうなんだよ。その辺のチンケなギャンブルよりよっぽど痺れるぞ」と言って鍵田はストーブに手を伸ばし、生焼けの干し芋にかぶり付くと、悪い目付きになっていた。何か色々と想像しているのだろう。「正月の朝からやること山ほどあるぞ！」と、何の脈絡も無いまま突然、喋り出すと涼太は驚いて干し芋を噛み千切る鍵田を見た。「鍵さん、やること多くて申し訳ないですね。取り分増やしてくださいね」俺が言うと「そんなもんどうでもいいよ。俺はな、ケンちゃんと涼太と仕事出来ることが嬉しいんだよ。この血のたぎるスリル。伝説の賞金稼ぎが復活する…、みたいな？」鍵田は童心に返り楽しんでいるといった様子だ。

そうこうしている間に涼太は妹の夕食の用意をしなければならないと言い、帰ることとなった。鍵田はこの町をもう少し見たいと言うので、ついでに涼太を家まで送り届けることにした。

外に出るとすっかり日が暮れていた。

真ん中を涼太が歩き、俺たちはジャンパーのポケットに手を突っ込み歩いていた。「でも、なんであそこに古い換気扇があるのか謎なんだよなぁ」

「あいつその部屋で大麻でもやってるんじゃないですか」

「うん、その可能性はあるな」

しばらく歩いていると三角公園が見えてきた。寒空の下、ドラム缶の焚き火で暖を取る大勢のホームレスたちの姿があった。四六時中酒を呷り、罵声を上げ、喧嘩をしたり、嘆き泣き叫んだり、人間剥き出しの本性のような性質を如実に感じる。ホームレスは野生の人間という表現が相応しいのではないだろうか、そんなことを考えていると「兄ちゃん、蛞蝓のお刺身食べへんかぁ」と手のひらに蛞蝓を乗せたホームレスの男が鍵田の元へとやって来た。「そんなもん食えるか！」と声を荒げる姿に涼太はクスクスと笑っていた。

　そうこうしているうちに涼太の暮らす大吉荘に到着した。「それじゃ、帰ります。さようなら」と涼太は頭を下げる。俺たちも「じゃあな」と、手を振り見送ると涼太は階段を上っていった。「涼太って本当にいい子だな」と言いながら、鍵田は古びた大吉荘を見ている。「涼太といると腐っていた頃の自分を情けなく感じるんです」

「かもなぁ…、ここで兄妹二人でがんばって生きているんだもんなぁ、何とかしてやりたいよ」

　大吉荘を後にして、俺は鍵田を飛田へと案内した。連なる長屋に、連なる提灯が煌々と輝き、目を瞑れば見たことも無い、江戸時代の吉原遊廓の風情が浮かび上がる不思議な場所だ。

「名前は知ってたけど来るのは初めてだわ」そう言った鍵田は左右に並ぶ長屋を恍惚の眼差しで見ている。「すげぇわ…」としばらく無言で歩いていると黒蝶の看板が見えてきた。

「今日、千恵休みやねん」と軒先の老婆が俺に話しかける。何も聞いていないのに、その気まずそうな雰囲気に千恵が他の客を相手にしてるいのかと想像してしまう。「まさに一切皆苦だ…」と俺は心で呟く。解ってはいるが、やり切れない気持ちに胸が苦しくなる。

何かを察したのか「贔屓の娘？」と鍵田に訊かれ「ここもよく来るんですよ」と適当にはぐらかした。「なぁ、ケンちゃん。仕事成功させたら、ここに来ようよ」その鍵田の提案に「それいいですね。三時間ぐらいゆっくりしていきましょうか」と俺は答えた。

十二月三十一日、大晦日。午後六時。デイリーシマザキで閉店パーティーが開かれた。それは店に余った酒を飲む程度の質素なものだった。「皆さん、今日はお集まり頂き、ほんとうにありがとうございます」とオーナーは涙ながらに閉店の思いを伝える。「もう少し若ければ別の場所でもう一度、店をやり直したかった…」その悔しそうな表情から発せられたメッセージに自身が三十九歳で人生を諦めていることが、ただの傲りであることに気付かされる。肉饅にかぶり付くと込み上げる涙に視界がぼやけた。俺はこの町に辿り着いてから、オーナー夫婦、そしてこの店には感謝しか無い。俺は毎日この場所にいた。当たり前のことがどれほど有難いことなのか、そのことがようやくわかったような気がした。この世に常は無い。俺はまた無職となってしまった。

しかしこれは新しい人生の幕開けなのだ。

一月一日、元旦。ＤＭ壊滅作戦決行日。

俺は緊張と不安で眠れない夜を過ごした。午前七時に身支度を整え、鍵田の家に車を取りに向かった。駅へと歩いていると家族連れの姿が多い。流石に正月、普段に無い賑わいだ。少し遠回りをして今宮戎神社に立ち寄った。理不尽過ぎるこの世界に神の存在など信じてはいないが、この日ばかりは何かに縋り付きたい気分だ。「パンパン」と手を叩き、合掌。「今日の計画が上手く行けば、あんたたちのことを信じてやるよ。だから頼む」と脅迫染みた願い事を伝える。

　そして電車を乗り継ぎ丹波篠山駅に到着すると鍵田の車を受け取った。「ここに車停めといて」と鍵田からメモ書きの住所を受け取る。俺はナビを設定して車を走らせた。一時間ほどで到着した場所は川西市の一庫ダムの駐車場だった。夏には釣りやアウトドアで人が多いこの場所も真冬となると人の姿は全く無かった。粉雪の舞い散るアスファルト道路をひたすら歩き駅を目指した。防寒のことなど頭の片隅にも無かった。俺の身体はガタガタと震えが止まらない。ポケットに突っ込んだ手の感覚さえも無くなっていた。

　一体どのくらい外に居たのだろうか。ダムに車を停めて家に戻るだけで夕方になっていた。なまくらな両足はパンパンに浮腫み熱い風呂に浸かりたい気分だったが、疲れが勝り昼寝をしてしまっていた。「ピコピコ」と携帯が鳴り目が覚める。鍵田からのメッセージだ。計画が予定よりも遅れているという内容だった。

　午後十時。「あけましておめでとう！」と涼太がやって来た。「おめでとう」と俺も挨拶を返す。「それより家、大丈夫だったか」と訊くと「妹寝かせたし、母ちゃん全然帰って来ないから大丈夫」と全く緊張した様子も無く、非日常的な出来事への期待感、そんな表情が垣間見えた。

　午後十一時三十八分。鍵田から連絡が来た。俺たちは待ち合わせのバス停へと向かう。しばらくして鍵田は三人乗りのダンプカーでやって来た。真ん中に涼太が座り、俺が助手席に座った。「目星付けてた車が無くて焦ったよ。やっぱ正月だな」と鍵田が言った。

午前一時四十二分。犬山の家に到着。幸い犬山のポルシェは停まっていない。何も知らずに今頃、ハワイで浮かれているんだろう。俺の中の悪党がニンマリ顔でナイフを舐めている。

そして遂に作戦を決行する。俺と涼太は白和と書かれた社用車の後ろに身を潜める。鍵田は口にライトを咥え、バッグから工具を選定すると一瞬で換気扇を取り外した。その敏捷な行動に見惚れていると「ヨシ、涼太、中に入れ」と鍵田は涼太を軽々と担ぎ上げる。換気扇を外した穴から涼太が家に入ると、いきなり「ガッシャーン！」と何かが壊れる音がした。「大丈夫か！」鍵田の問いかけに「……、大丈夫でーす」と応答があった。鍵田は涼太に懐中電灯を手渡した。俺は緊張を通り越し、不安と恐怖で目眩を感じていた。これをスリルと言って楽しんでいる鍵田はすげえ男だ。そして涼太が玄関の鍵を開け、俺たちは家に入ることが出来た。「よくやったな涼太」と鍵田が誉めると「大きいトカゲがいる！」と涼太は興奮しているが俺たちにはその言葉の意味が理解できなかった。俺が一階を物色することになり、鍵田は二階へと上がって行った。涼太はカーテンの隙間からじっと外を見張っている。「ワーオッ！」俺はようやく涼太の言葉の意味に気が付いた。犬山はこの家で二匹のオオトカゲを飼っていたのだ。そしてあの換気扇はオオトカゲの飼育をしている部屋に取り付けられている物だった。涼太が侵入した時、何か分からず手をついたのがオオトカゲの水槽棚だった。それを見事に倒してしまったのだ。暗い家の中を二メートルはあろうかという大きさのオオトカゲが二匹も徘徊し、餌用の生きたコオロギが飛び回るという地獄の様な状況になっていた。

　そんな中、俺は和室の押し入れに金庫を発見、そのことを伝えに二階に上がった。「鍵さん、一階に金庫がありました」そう伝えると「これ見ろよ。こいつ時計屋か」と鍵田は飾り棚に並べられた腕時計を指差した。俺と鍵田はそいつを傷つかないようにティッシュに包みバッグへと仕舞い込んだ。そして一階に行き、金庫の場所を伝えると「これ開けてみるから車で待機しててよ」そう言われ「デカいトカゲ二匹いるから気をつけて下さいね」と伝えた。「さっきからトカゲ、トカゲってどうしたの」と改まる鍵田の言葉に俺は懐中電灯でオオトカゲを照らした。オオトカゲは一心不乱にソファーを噛みちぎっている。「ウォーーーッ！」と太い悲鳴を上げる鍵田に俺と涼太は「シィーッ！」と人差し指を口の前で立てた。もう一匹も探すが見当たらない。「あんなのいたら集中して金庫開けれないわ。あんだけ時計あったし金庫は諦めようか」と鍵田が言った時だった。「ワン！　ワン！　ワン！」と近所で低い鳴き声で犬が吠えた。それからすぐに「キャーーーッ」と叫ぶ女性の悲鳴が響いた。「ヤバい！　ずらかるぞ！」その鍵田の一言で、俺たちは猛ダッシュでダンプカーに向かって走った。おそらくもう一匹のオオトカゲを近所の犬が見つけたのだろう。たちまち周りの家に電気がつき始める。俺たちは間一髪、ダンプカーまで辿り着いた。

　そして鍵田の運転で一庫ダムへと向かった。「ヨシ、取り敢えず成功だろう」鍵田の顔が綻ぶ。俺と涼太は狭い車内でハイタッチをすると、「こんなにドキドキしたの初めてだよ。何も見えないところで懐中電灯つけたら大きなトカゲがベロ出してこっち見てたんだよ。めちゃ怖かったよ！」涼太は興奮した様子で弾けるような笑顔を見せた。俺はこんなにも楽しそうな涼太を見たのは初めてだった。

それから一時間ほどで一庫ダムに到着。用心深い鍵田は防犯カメラの無い場所で車を乗り換えようと考えていたようだ。そして鍵田の車に乗り、しばらくすると疲れ切った涼太は後部座席で寝息を立て始めた。そして俺たちも言葉少なになった。

俺は呪詛めいた気持ちでオオトカゲのことを思い出していた。あのソファーを噛みちぎる姿、犬山が帰宅する頃には壁は掻きむしられ、糞尿で壊滅的な状況になっているだろう。これぞまさにＤＭ壊滅作戦だ。「何、ニヤついてんだよ」と、鍵田に訊かれ「いや、最高の作戦名だったなと思って」と答えた。それからコオロギのグロテスクな姿を思い出した瞬間、身体がゾワゾワっとして寒気が走った。これが集団体恐怖症かと思うと言葉では表せないほどの気持ち悪さを感じてしまい、脳ミソのコンセントを引き抜いた。

そして夜が明ける。瑠璃色の空に朝日が優しく溶け合ってゆく。「鍵さん、ありがとうございました」俺は改めて礼を伝える。「本当に楽しかったよ」と鍵田は微笑みながら差し込む朝日に目を細めていた。

予定通りなのかわからないが無事、俺の部屋に到着することができた。

「ヨシ、大成功だ。おつかれさん」鍵田の言葉に、俺は冷蔵庫からコカコーラを三本取り出した。そして労いの乾杯をすると、鍵田はものすごい勢いでコーラを飲み、上を向き「ゲホーッ」っと大きなゲップをすると、涼太は爆発でも起こったのかと驚き頭を少し下げた。その直後、鍵田が喉の痛みに悶え、険しい表情になると、涼太は腹を抱えて大笑いしていた。「めちゃくちゃ楽しかった。ねぇ、またやろうよ」と涼太はまだ興奮している様子だ。「こんな無茶は最初で最後。こんなことさせてから言っても説得力ないけど、泥棒、万引きはこれからも無し。わかったか」そう言うと「うん、わかった」と涼太は残念そうな表情を浮かべていた。

そして盗んだ腕時計二十六本をちゃぶ台に並べた。「すげぇな。こんな収穫あったの初めてだわ」と鍵田は満足げな笑みを溢した。「これ一旦現金に換えますね。少し値切られますけど、この辺だと盗品でも買い取ってもらえるんで、そしたらもう一回集まって三人でその金分けましょうか」

「なぁ、このオメガだけ俺にくれない？　楽しかった思い出に持っとくよ。時間見るたび二人のこと思い出せるしさ。後の金は二人で使ってよ」

「鍵さん、その時計は構わないですけど、現金はきっちり三人で分けましょう。その時、もう一度集まって打ち上げってどうですか」

「その打ち上げはいい案だ。ヨシ、楽しみに連絡待ってるわ」

一月十二日。午後一時過ぎに鍵田と涼太が部屋にやって来た。腕時計を現金に換えることが出来たので俺は鍵田に連絡を取り、この日に集まることとなった。

集まる名目が打ち上げだったので近所の菊寿司で出前を頼み、寿司を用意していた。

「こりゃあすげぇな！」と寿司を見た鍵田が言った。

「特上にしました…」

「おっ、奮発したな」

「大金入ったんで、たまにはいいかと…」俺には少し後ろめたい気持ちがあった。「そうそう、汚い金はこうして生き銭に変えないとダメだ」鍵田の何気ない一言に後ろめたさは一瞬で消えた。

「それじゃあ、酔っ払う前に結果報告からしときますね。腕時計二十五本で八百万円になりました」

「それまた凄い額になったな」と鍵田は驚く。

「一人あたり二百六十六万円。残りは打上げ代ってことでどうですか」

「なぁ、ケンちゃん。俺はこの時計だけでいいよ。その金は二人の将来の為に使ってよ。俺、家業継いであんな無駄にデカい家に住んでんだよ。これから二人には金が必要になる。あの金を綺麗な金に生まれ変わらせてくれよ」

「俺はどうしても二百万必要なので残りは二人に渡すつもりだったんですけど」

「それだったら残りの金は涼太に預けとこうか。涼太なら馬鹿なことに使ったりしないよ。将来偉い人になってもらって一杯奢って貰うってのはどうだ」

「それいいですね。未来が楽しみになりますね」

俺は二百万を避けて残りの金を紙袋に詰めていた。「あっ、そうだ、ケンちゃん。あれ、あの…、三時間、三時間」と鍵田がしどろもどろになり、俺は約束を思い出した。「三時間って何？」と涼太は俺と鍵田の顔をキョロキョロと見返す。俺は十三万円を別の封筒にしまった。「これが涼太の取り分だ。かなりの大金だ。どう使うかは涼太次第だ。でもな、これだけは覚えておけ。金は使い方を間違えると人生を狂わせる」と俺が涼太に伝えると「ほんとその通りだよ」と鍵田が言う。そして体勢を変え、ちゃぶ台に腕を乗せて前のめりになると、「若い時って金への執着が原動力でがむしゃらに働くんだよ。それは悪いことじゃない。寧ろ良いことなんだよ。でもそのうち高い物買って、高い物食ってることが幸せだって勘違いし始めるんだよ。最近じゃあ、テレビやネットで煽られて勘違いした若いヤツらが高級車を見せびらかせて、『俺は他のヤツよりすごいぞ』って自慢しているけど、あれ見ていると若い頃の自分見てるみたいで虚しくなるんだよなぁ。結局、金って身を粉にして働いた結果で必要最低限あればいいんだよ。何を幸せに感じるかってことのほうが大切なんだよ、だから子供は色んなことに興味もって、その知りたいって気持ちを原動力に勉強がんばってりゃあ、大人になってもつまらないことに金が必要だとか思わないんじゃないのかなぁ…、ってこの歳でようやく解ったこと言っても難しいわな」と鍵田は声の大きな独り言のような口調で語った。涼太は「うん、うん」と頷きながら眉間に皺を寄せ、口元を尖らせて真剣に話を聞いていた。しかし額が大き過ぎて、今ひとつ理解出来ていない様子でもあったが無理もない。

真面目な話が終わり宴が始まった。俺と鍵田はビール、涼太はコーラで乾杯をすると二人は再会を喜んでいた。

涼太は手を合わせて「いただきまーす」と言うと「特の上。頂きます」と鍵田が言った。「これえらい量多いけど、この寿司何人前頼んだの？」と鍵田に訊かれ「六人前です」と俺は答える。「あれは寿司桶に入り切らなかったの？」と鍵田はプラスチック容器入った寿司を指差す。「あれは涼太の妹へと思って、俺たちだけ贅沢するのも気が引けるというか」

「えらい！」と鍵田が大きな声で言った。「ありがとうございます！　妹寿司食べたこと無いから喜ぶと思います。僕もだけど」と涼太の言葉に俺は胸が詰まった。涼太は初めて食べる寿司に感動するも玉子が一番美味しいと言うあたりに少年らしさを感じた。

酒の酔いが回り論争が始まった。それは涼太の将来についてだ。鍵田は担い手の少ない宮大工をめざせと言ったのに対し、俺は涼太の学力の高さを知っている。国立大学を目指して一流企業を目指すべきだと言った。しかし、当の本人の夢は料理人になることらしい。「だって自分で作れたら毎日美味しいもん食べれるから」と言う合理的な主張に「確かに…」と俺たちは涼太の夢に共感した。

あれよあれよと言ってる間に涼太の帰る時間となった。大金を持って帰る涼太のことが心配だったので俺たちは大吉荘まで送り届けた。「鍵田さん、ありがとうございました。

すごく楽しかったです」と涼太が言うと「俺もすごく楽しかったよ。また遊ぼうな」と鍵田は少し淋しそうな表情を見せた。「じゃあな」と俺は涼太に伝える。「ケンちゃんまた明日ね」と何も知らない涼太は手を振った。俺は感情を押し殺し涼太に「おやすみ」と手を振る。込み上げる涙が溢れ落ちないようにと、見上げた空には満天の星が輝いていた。涼太も一瞬、空を見上げるとカンカンカン…と音を響かせ、アパートの階段を上がって行った。

「そしたら鍵さん、行きましょうか！」と俺たちは飛田新地へと向かった。

「ケンちゃん、もう妖怪通り行かなくていいからね。ケンちゃんは贔屓のとこに行くの？」

「はい。そのつもりです」

「一途なんだね」

飛田新地料理組合の看板を通過して間もなく。

「あっ、俺、あの子にするわ。ビビビときた」と鍵田は鋭い目つきで立ち止まった。

「決めるの早っ！　これ、三時間分の金額はいってますんで」と、俺は十三万円の入った封筒を手渡すと鍵田は右手を手刀にして左、右、中央と力士が祝儀袋を受け取る真似をした。「取り敢えず今日はここで解散ですね。鍵さん本当にありがとうございました」

「こちらこそ、ありがとうね。楽しかったよ。もう携帯あるからいつでも会えるしね」

「そうですね。落ち着いたらまた連絡します」

俺たちは固い握手を交わして別れた。

しかし俺は黒蝶には行かず、まっすぐ家に向かった。俺にはやる事がもう一つ残っていた。俺は部屋にある少ない荷物に粗大ゴミのシールを貼り、ハイツの前の電信柱にまで運び出した。部屋にはちゃぶ台だけを残し、俺はそこで手紙を書いた。

涼太へ

急に去ってごめん。

別れを告げると泣いてしまいそうな気がして、格好悪いとこ見せたくないから手紙を残すことにした。

予定ではデイリーシマザキがずっとあってここでの生活がもうしばらく続くのかと思っていた。でも、急に閉店が決まって次の生活を決めなければならなくなった。

せめて涼太が高校に入学するまではここに留まることも考えた。

それでも一緒にいる時間が長いほど、別れがつらくなる。

だから今日を最後にこの町を出て行くことを決めていた。

必死に頑張る涼太の姿を見ていたら、俺もこのままじゃ駄目だってことに気付かされた。

だから俺も夢を叶える為に新たな冒険に旅立とうと思う。

デイリーシマザキのオーナーに涼太と妹のことを相談したら、入学の手続きでも、何でも力になるからと親身になって聞いてくれました。

なにか困ったことがあった時は頼ってみて下さい。

オーナー夫婦は本当に良い人たちです。

大阪の高校の学費は無料だから制服と必要なものはあの金で買い揃えてください。涼太の学力なら偏差値の高い高校も目指せると思う。

高校生になったら友達たくさん作って、バイト先で彼女も作ってこれからの人生を謳歌して欲しい。

今は少し寂しいかもしれないけど涼太はしっかりしているから大丈夫だ。いつか俺のことを友達って言ってくれたよな。あれ凄くうれしかったよ。ありがとうな。

旅の空からお前たち兄妹の幸せを願っています。

いつかまた会おう。さようなら

片瀬健一

追伸　彼女とやる時は絶対にコンドーム使えよ。

この手紙を残し、俺は明日の朝、西成の町を出て行く。

愛は世界を救う

「最近の若い奴らは根性が無くていけねぇな」

「そりゃ仕方ないよ。時代のせいだよ」

「なんでもハラスメントって付けたら逃げれるって思ってねえか」

「ホントそうだよ。適当に喋ってたら『それパワハラですよ』だもんな」

「何がパワハラだよ、額に汗して働くのが男ってもんだろう」

「ねぇ、大将。もう男とか女って言ったら駄目なのよ。ジェンダー平等って言葉知ってる？」

「そんなもん知るかよ。なにがジェンダー平等だよ、男にしか出来ないことがあるんだよ」

「ビールおかわりー」

「おい、コラ、『おかわりお願いします』だろ！」

「おかわりお願いしまーす」

「そう。その方が男としてスマートだ」

「大将、若い子には厳しいよねぇ」

「これは愛だよ。愛」

「愛かぁ…、大将なんだかんだ言っても優しいもんねぇ」

「へい！　ねぎま、つくね、ずり。おまたせ！」

「あと、手羽先と椎茸、頼むわ」

「あいよっ」

「やっぱ、ここで食う焼き鳥が一番うまいよ」

「嬉しいこと言ってくれるなぁ。あっ、そうだ。一番うまい鳥って何だと思う？」

「そりゃあ名古屋コーチンだろう」

「違うよ、それもニワトリだろ、俺が言ってるのは鳥の種類の話だよ」

「あっ、鴨じゃないかしら」

「違う」

「ならキジだろう」

「違うね」

「最近はダチョウも食べるっていうわよ」

「あんなデケェ鳥の捌く自信無いわ」

「わかった！　ウズラでしょ」

「違うよー」

「ケンちゃん、降参。わかんねぇわ」

「鳩だよ。鳩。しかもその辺に飛んでるヤツ」

「えーっ、そんなの食べれるの？　気持ち悪いよぉ」

「焼いたら何でも食えるっての。昔、大阪にいた頃によ、師匠が焼いてくれたんだよ。そいつが美味くてな、こっち来て焼鳥屋することに決めたんだ。あの鳩の味が未だに忘れられてないんだよなぁ…」

西成の町を去って十五年の歳月が流れた。俺は東京蒲田で焼鳥屋になった。流石に十五年も住んでいると、こっちの訛りが強くなってきている。

店はコの字型のカウンターに十二席。俺を囲むように席を並べたのは、客全員の顔を見ながら話がしたかったからだ。そんな思いが功を奏し連日、常連客が集う店となった。俺はこの〈焼鳥ケンちゃん〉を嫁と二人で営んでいる。

「あー疲れたぜ。ちょっと休憩」俺は椅子に座り、コップにビールを注いだ。そいつを一気に飲み干す。「クゥーッ」五臓六腑に染み渡る。仕事中の一杯は格別だ。

「ガラガラ…」客がやって来た。「二人行けますか？」とピースをするサラリーマンに「そこの席どうぞ」と指をさす。「壜ビールお願いします」と最初の注文に「あいよ」と壜ビールの栓を抜き、コップ二つと差し出した。「盛り合わせ二人前とサラダお願いします」この注文にも「あいよっ」と愛想良く返事はしてみたものの、つい怠け心で「千恵ちゃん、悪いけど焼き場お願いしていい？」と妻に甘えてしまう。「はいはいー任せといてー」と働き者の妻はうちわを扇ぎ、炭の温度を上げる。そして俺はまた椅子に腰掛けた。

「女将さん若いですよね。あんな綺麗な人どこで捕まえたんですか」

「野暮なこと訊くなよ。そんな昔のことは覚えてねぇよ」

「いいじゃないですか。教えて下さいよ」

「さて…、どうだったけなぁ…」

「あっ、出会い系アプリだ」

「んなぁモン、使ったことねぇわ」

「私の父親ってね、ヤクザに借金までする博打狂いのダメ親父だったのよ」突然、千恵が昔の話を始めた。「借金だけ残してポックリと死んじゃってさ。私、親父と二人暮らしだったの。それでヤクザの借用書の連帯保証人に私の名前書いてやがったのよ」

「ち、千恵ちゃん、そんな込み入った話しなくても…」千恵が一体どこまで、何を話そうとしているのか、その真意が読めず俺は焦る。「別にいいじゃないよ。私があんたに惚れてるって話なんだからさ」

「訊かせてくださいよ」と客が煽る。「そしたらさ、この人が突然、ヤクザの組事務所に乗り込んで借金返して、その借用書持ってきて『好きだから付き合ってくれ』って言うのよ。順番逆でしょ？　彼女の借金返すんならわかるけど、私なんの返事もする前にだよ」

「大将、めちゃ格好いいじゃないですか」

「惚れた女が困ってるんだ。順番なんて関係ねぇよ」

「私、この人相当お金持ちなのかなって思ったんだけど、よくよく話聞くとね『貯金すっからかんになった』って言うのよ。それ聞いたら惚れちゃったんだぁ」

　俺は西成の町を去る朝、あの二百万円をもってヤクザの組事務所に乗り込んだ。「この金で千恵を自由にしてくれ」と必死に頼み込んだがヤクザは「帰れ」の一点張りで俺を相手にもしなかった。「何故だ」と俺がしつこく食い下がると、「あの女はウチの商売道具や」と許し難いことを口にした。連中はシノギの為に千恵を飼殺しにでもするつもりだったのだろう。「ふざんけなよ！」と俺が声を荒げると一人が俺の胸ぐらを掴んだ。そいつを床に叩きつけると連中は武器を持ち出した。ピストルを突きつけられると俺の理性は完全に崩壊し、皆殺しにしてやる勢いで片っ端から連中を打ちのめした。一番偉いと思われるヤツを半殺しにして金と引き換えに借用書を取り返したのだ。

そこまでやってしまったら、もう関西には居れない。千恵に事情を説明し、「仕返しに来るから」と説得をして二人で逃げてこの蒲田に辿り着いた。何も知らない客に過去を訊かれるのが一番面倒だ。

「クソッ！　また阪神負けてるよ。巨人の勝利インタビューなんか見てらんねえよ」俺はリモコンでテレビのチャンネルを変える。「なんか最近のテレビもつまらなくなったよなぁ」

「あっ、大将。チャンネル一つ戻してよ」と、客に言われ、慌ててボタンを押すがチャンネルが変わらない。俺はリモコンを高く上げボタンを押す。「大将、逆、逆」と言われ苛つく。「自分で変えろ」とリモコンを手渡した。「これ、二十四時間テレビの愛は世界を救うとかってヤツだろう。胡散臭いんだよ。そろいのTシャツ着やがってよ」

「大将、ちょっと静かにして」

「テメェ、コラ、ここ俺の店だぞ！」

「この娘たちＫＧＢ４っていう最近注目のガールズバンドなんですよ」

「ビージーフォーったらグッチ裕三とモト冬樹だろう。あいつらのモノマネって今一つ似てるか微妙なんだよな」

「違うってケージービーフォーだよ」

「ＫＧＢはソ連の諜報部員のことだろう。コイツら女スパイか」

「大将お願い。これだけ見させてよ」

まさか俺の大嫌いな慈善番組を見せろという暴挙に「そんなに見たいなら家に帰って好きなだけ見ていろ！」と喉元まで出ていた。「次のゲストはＫＧＢ４の皆さんでーす！」と司会者の男が叫ぶと、客たちは皆テレビを見始めた。

「早速なんですがＫＧＢ４ってどういう意味なんですか？」司会者の質問に「高学歴ビューティー４人組、略してＫＧＢ４です！」とメンバーの女が答えた。「なんか嫌味な名前だな。自分らで高学歴って言うか？　普通。しかもビューティーって…」そう言うと客の女が俺を睨んだ。「なるほど、メンバー全員が国立大学卒業と手元の資料に御座います。それでは演奏の準備をお願い致します！」司会者の言葉にバンドメンバーは走って移動をする。「生放送ということでバタバタしておりますが、準備が…、出来たようですね。それではＫＧＢ４で〈恋は鶴亀算より難しい〉です。張り切ってどうぞ！」司会者が曲名を紹介するとドラマーのカウントで曲が始まった。それはエイトビートのよく耳にするロック調の曲だ。気持ちの悪い曲のタイトルに嫌気がさす。流石に今チャンネルかえたらみんな怒るだろうな…。取り敢えずここは静観することにした。急にビールの味が不味くなりやがった。「女将さん、ハイボール二つお願いします」とサラリーマンが気を遣い小さな声で注文をする。千恵がハイボール二つをジョッキに入れサラリーマンに手渡した。そしてようやく〈恋は鶴亀算より難しい〉という奇妙な曲が終わった。

「ＫＧＢ４の皆さん、ありがとうございました！　ここからは特別企画〈今、貴方に会いたい〉のコーナーです。ボーカルのリナちゃんには、引き続きお付き合い頂きます。リナちゃん、よろしくお願いします」司会者の言葉に「はい、よろしくお願いします！」とリナは明るく愛嬌溢れる笑顔で答えた。「俺、リナちゃん、好きなんだよ」と客の男が言った。リナ…。俺の記憶の歯車が動く。「リナちゃんが今一番会いたい人を探し出そうというコーナーです」俺はまだ続く番組にうんざりだった。「この女絶対に性格悪いよ」そう言うと「なんでそんなのわかるのよ」と女の客が言った。「名前が終わってるよ。たぶん魔女みたいな性格してるぜ」

「うわっ、大将、リナって名前の女に振られたんでしょう」

「……」ダメだ。莉奈という名前を思い出すと条件反射で愚痴が出る。「うわっ。図星じゃん」

「えっ、何か言ったか？」俺は聞こえないふりをして誤魔化した。しかし千恵がもの凄い速さでこっちを見た。その怪訝な表情に不味いと感じ、俺は立ち上がり洗い物を片付ける。

「さぁ、リナちゃんの会いたい人とは一体誰なのでしょうか。まずはこちらのＶＴＲをご覧下さい」

テレビはセピアカラーの画面に切り替わり再現ドラマが始まった。

『リナ、当時四歳は大阪のドヤ街で生まれ幼少期は貧乏でつらい人生だった。物心付いた頃には父親はおらず、母親はホステスとして働いていたが、ほとんど家に帰って来ることは無かった。リナにとって九歳上の兄の存在だけが唯一の救いだった。母親は昼間から酔っ払って家に帰って来ると「ここに金置いとくからね」と千円札をテーブルに置き、直ぐに家から出て行く。「母ちゃんお金くれたから兄ちゃんなんか買うて来るから待っときや」と、兄はいつも激安スーパーに行き賞味期限の切れかけた特売のパンをたくさん買って家に帰って来た。「リナ、パン買うて来たで、ようさんあるから食べえや」と、いつも兄はリナのことを一番に考えていてくれた。「兄ちゃんありがとう。おいしいわ」

「そうか、よかった。母ちゃん今度いつ帰って来るんやろうなぁ…」

「うち兄ちゃん居てくれたらええから」

しかしある日突然、母親がまったく家に帰って来なくなった。金は無くなり食料も底を突く。どうすることも出来なくなり、遂に兄はコンビニエンスストアでおにぎりを一つ万引きして家に帰って来たのだった。「リナ、おにぎりあるからこれ食べ」

「兄ちゃんは？」

「兄ちゃんはええからリナが食べ」

「ありがとう。おいしいわ…』』

　店の客たちは余りに悲惨な兄妹の物語に涙を堪えてテレビの画面を見ていた。「なんだこれは…」俺はデジャヴを感じていた。変な感覚のままテレビを見ていると画面は切り替わり司会者の男が喋り出す。

「リナちゃん、苦労してたんだねぇ。泣きそうになるVTRでした。あの後、万引きをしてしまった、お兄様が大泥棒になるってお話ですか？　そして捕まった。それからお兄様とは会ってない。そしてこの後、久々の対面ですか？」

「いいえ違いますよ。あそこに座っているのが私の兄です」

「ですよねぇ」

「私が会いたい人は兄が探している人なんです。私もずっと会いたくて、私たちの命の恩人なんです」

「そうなんですね、お兄様も是非ステージに来て頂けますでしょうか」スーツ姿の青年がステージに現れた。「まさか…」と俺の心拍数が跳ね上がる。

「こちらがリナちゃんのお兄様。お名前をお訊かせ願えますか」

「はい。村木涼太と申します」

　俺は水道を止め、テレビを見る。「涼太…」それはスーツ姿の涼太だった。背も高くなり、喋り方も丁寧で端然とした佇まいをしているが十五歳の面影は今でも残っている。

「それではリナちゃんとお兄様の涼太さんがお会いしたい方とは一体誰なのでしょうか。

VTRの続きをご覧下さい」

『コンビニエンスストア店員の片瀬（当時三十七歳）は万引きをしたリナの兄、涼太の後をつけて家へとやって来た。

「お前さっき、うちで万引きしただろう？」

「ごめんなさい」

「親は？」

「いません。あまり帰って来なくて」

片瀬は親に会って涼太を注意してもらうつもりであったのだろう。しかし片瀬の目に飛び込んできたのは涼太が万引きをしたおにぎりを食べるリナの姿であった。片瀬は涼太を連れ出し再びコンビニエンスストアに戻り始めた。涼太はすっかり警察に連れて行かれると思い込んでいたが、片瀬は店から廃棄予定の弁当やおにぎりを涼太に差し出したのだった…。

「リナ。兄ちゃんなぁ、親切な人に出会ってな、毎日お弁当もらえるようなってん。リナはもう食べるもんの心配せんでええからな」

更に片瀬は学校に通えない涼太のことを不憫に思い、三年間ずっと勉強を教え続けたのだった。

「弁当のくれる人が兄ちゃんに勉強も教えたる言うてくれてな、兄ちゃんは十六歳なったら働くからリナは二年生からやけど小学校行けるようにしたる。それまでは兄ちゃんが勉強教えたるから」

「兄ちゃん、ありがとう」

そしてリナが小学校に通うようになってからもずっと涼太はリナに勉強を教え続けたのであった……』

なにを俺は焦っているのだろうか……、何故か知られてはいけない過去のような気がしてならない。幸いなことはこの店の客で俺の苗字が片瀬だと知る者が居ないということだ。

「なるほど…、リナちゃんが賢い理由は、お兄様が勉強を教えてくれたお陰なんだね」と、司会者はリナにマイクを向けた。「はい、兄は小学校からずっと私の家庭教師をしてくれました」

「そしてお兄様は片瀬さんから勉強を教えて貰っていたんですよね？」

「はい。片瀬さんの部屋に通って色んなことを教えて頂きました。今だから解ることなのですが、片瀬さんに教わっていた内容がかなり難しい内容だったのでリナにしっかりと勉強を教えてやることが出来ました」

「なるほど…、片瀬さんって本当にお優しい方なんですね」

「片瀬さんに出会っていなければ私たち兄妹はどうなっていたのだろうと、今でも怖くなります」

「それから片瀬さんとはどうなったのでしょうか」

「はい、私が高校へ入学する前に、片瀬さんの働いていたコンビニエンスストアが閉店になりました。そして片瀬さんは手紙と生活する為のお金を残して私たちの前から姿を消してしまいました」

「それから片瀬さんには、お会いになってないんですよね。それからもお母様は家には帰って来なかったんですか」

「はい。母は更に帰らなくなりました。それでも片瀬さんは私たち兄妹の親代わり、いや親以上に親身に世話して下さる方を紹介して下さいました。そのご夫婦には大変お世話になりました。ご主人は去年お亡くなりになりましたが、奥様とは今でも仲良くさせて頂いております」

「そっかあ…、なんか素晴らしい御縁で結ばれてるんだねぇ。そしてお兄様は今はどういうお仕事されてるんですか」

「はい。今は寿司屋を営んでおります。定時制の高校に通いながら、和食の料理店でアルバイト続けて、卒業してからホテルのレストランに就職が決まり、今はようやく自分の店が持てるようになりました」

「そしてリナちゃんはお兄様に勉強を教わり、国立大学に入学ってなんか凄い話だね」

「兄が必死に仕事をしてくれたお陰で、私は勉強に集中することが出来ました。頑張っているところを見せることが兄への恩返しだと…」

　妹が泣いて喋れなくなると涼太は妹の肩を抱きしめた。やっぱ妹のこと、大切にしてたんだなぁ…、じゃないとあんなおにぎり食わせてやれねぇよなぁ。

「なんて美しい兄妹愛なんだよ。若い奴でも根性ある奴はいるんだよ。なぁケンちゃん！　あれ、ケンちゃん泣いてるの？」常連客の男が余計なことを言い出すと、客がテレビ画面から俺の方を向きやがった。「馬鹿言うんじゃねえよ！　煙が目に沁みただけだよ！」

「本当だ。大将、泣いてますよね？」

「うるせぇよ、泣いてねぇよ、黙ってテレビ見てろよ！」俺は注文の無い焼き鳥を焼いた。それでも涙が止まらず、炭に落ちた涙が灰と煙を舞い上がらせていた。「涼太…、立派な大人になったなぁ、お前のことを忘れた日なんてなかったよ。それからオーナー。ありがとう」俺は心で呟いた。

「リナちゃんとお兄様がお会いになりたい方はこのVTRで登場した。片瀬さんということですね」司会者が訊ねる。

「はい、片瀬さんに会いたいです」

「生き別れになっているお母さんではないんですね」

「はい、片瀬さんに会いたいんです」

「血の繋がった母よりも他人に会いたい！　これってなかなか無いパターンですよ。さぁ！　あのカーテンの向こう側、片瀬さんはおられるのでしょうか！」

　涼太。そんな手合わせて祈ったっている訳ねぇよ。だって俺ここ居るんだもん。ちょっと待て……、テレビの力って凄いんだよな、もしかして既に俺のことを見つけているってことねぇよな…、生放送で外にカメラが待機しているとか……、ヤバい、ヤバい、ヤバい絶対にヤバい。テレビで顔晒したら西成のヤクザが俺のこの店潰しにやって来るよ。

客の皆までが手を合わせ祈っている。あのスネアのドラムロールの音、こっちまで緊張してくるわ。

「さぁ、あのスポットライトが当てられたカーテンの向こう側に片瀬さんはおられるのでしょうか！　カーテン、オープン！」

「チャッチャヤラ〜ン♪」

ゆっくりカーテンが上がって行った。

「なんだよぉ、片瀬の野郎いないよぉ」と常連客が嘆いた。誰が片瀬の野郎だ。

「リナちゃん、お兄様。申し訳ございません！　スタッフ全員一丸となって探したんですが片瀬さんを見つけることはできませんでした！」

ガクンと肩落とした涼太が「ハァ…」と大きな溜息をついた。そして「ケンちゃーん！」と叫んだ。「会いたいよー！　ケンちゃーん！　ずっと探してるんだよ！　どこ行ったんだよ！　ケンちゃーん！」

突然、飛び出した〈ケンちゃん〉という名前に、客全員が俺の顔を見る。そして常連客の男が「ケンちゃん？」と首をかしげながら俺を指差した。その時「ガラガラ…」と店の扉が開いた。

「キャーーーッ！」

俺は女のような奇声を上げてしまった。脳の状況整理が追いつかず、開いた扉からテレビカメラが入って来たと思い込んだ。しかしそれは「一人入れますか」と、ただの客だった。俺は驚き過ぎて放心状態になる。「大将、大将、どうしたの、大丈夫？」と女の客の呼びかけに「ん？　どうもしてねぇよ」と我に返ったが、扉を開けた客は踏みを返して去ってしまった…。

修羅場の様な状況の中、テレビはまだ続いていた。

「リナちゃんとお兄さんがここに来られた目的がもう一つあるんですよね」

「はい。片瀬さんから頂いたお金を寄付したいと思います。少し使わせて頂いた分も働けるようになったので戻しておきました。このお金を貧困の子供たちの為に使って欲しいんです」

馬鹿野郎、なに格好つけてんだよ…。

「素晴らしいお兄様じゃないですか！」

「はい。自慢の兄です！」

「お兄様、テレビの向こうで片瀬さんが見ているかも知れません。メッセージがあれば、どうぞお伝えください」

「あっ、はい。片瀬さん。いや、ケンちゃん、元気にしてますか…、俺たちもしもケンちゃんに出会ってなかったらって考えると、今でも恐ろしくなるくらい悲惨な状況でした。当時の俺たちはそんなことすらわからなくて、ケンちゃんはそんな俺たちを哀れんでくれて、俺たちのことでずっと悩んでくれて、誰よりも俺たちのことを大切にしてくれて…。

ケンちゃんは俺に色んなこと教えてくれたよね。字の書き方、計算の仕方、お金じゃ幸せになれないこと、それで一番大切なことが愛だってことを。俺、ケンちゃんに会いたいよ。ケンちゃんに会ってお礼が言いたいんだ。だから俺、諦めないからね、絶対見つけ出してみせるから！　次は探偵ナイトスクープに応募するから！」

「うん、それがいいかもしれないねぇ、あそこの探偵さんたち優秀だもんねぇ。そうだ！お兄様はお寿司屋さん開業されたんだよね、せっかくだからテレビで宣伝しときなよ。僕も必ず行くからさ」

「はい。大阪市中央区心斎橋十五丁目三スティンガービル一階の〈鮨片鍵〉というお店です。よろしくお願いします」涼太は深々と頭を下げた。

「リナちゃん、お兄様ありがとうございました！〈特別企画・今、貴方に会いたい〉のコーナーでした。一旦CMです！　次は魔女になった女の話です！」

　CMが始まると客たちは一斉に注文を言い出した。

「大将、ビールおかわりー」

「あいよ…」

「ハイボールお願いしまーす」

「うん、ちょっと待って。心斎橋…」

「酎ハイ二つお願いします」

「うん。十五丁目…」

「肝三本とずり三本追加でー」

「スティンガービルっと…。あっ、久しぶりに鍵さんにも連絡してみるか…」

「あれ？　大将、住所メモってるじゃん！　あれ大阪だよ、あの店行くの？」

「あの兄妹に感動してたもんね。ずっーと、泣いてたもんねぇ」

「あっ、もしかしてあの兄妹が探してるケンちゃんですか？」

「そんな訳ないよ。ここにいるケンちゃんは焼鳥屋のケンちゃん。あそこまで立派な器じゃあねぇよなぁ」

「お前らぁ！　ごちゃごちゃとうるさいんだよぉ！」

　俺は「絶対に探偵ナイトスクープには応募するな」と涼太へ手紙を送る為に住所を書き残していた。

完

著者プロフィール

たにおか まさゆき

広島県出身。
趣味、映画鑑賞。
好きな映画「男はつらいよ」

悪人なほもつて往生をとぐ

2024年6月15日　初版第1刷発行

著　者　たにおか まさゆき
発行者　瓜谷 綱延
発行所　株式会社文芸社
〒160-0022　東京都新宿区新宿1－10－1
電話　03-5369-3060（代表）
03-5369-2299（販売）

印　刷　株式会社文芸社
製本所　株式会社MOTOMURA

ISBN978-4-286-24661-1